Knaur

Von Tim Krabbé ist außerdem erschienen:

Verspätung

Über den Autor:

Tim Krabbé wurde 1943 in Amsterdam geboren, wo er auch lebt und als Schriftsteller für Zeitungen, Radio und Fernsehen arbeitet. Er studierte Psychologie und schreibt seit 1969 Romane, Kurzgeschichten und Gedichte. Sein Thriller *Das goldene Ei* wurde in den Niederlanden und in Hollywood verfilmt. Für den Roman *Verspätung* erhielt er 1996 den niederländischen Preis für das spannendste Buch, den »Goldenen Strick«.

Tim Krabbé

Die Grotte

Roman

Aus dem Niederländischen von
Susanne George

Knaur

Die niederländische Originalausgabe erschien 1997
unter dem Titel *De grot*
bei Uitgeverij Bert Bakker, Amsterdam

Die Übersetzung wurde vom
Nederlands literair produktie- en vertalingenfonds
in Amsterdam gefördert.

Besuchen Sie uns im Internet:
www.droemer-weltbild.de

Vollständige Taschenbuchausgabe 2001
Droemersche Verlagsanstalt Th. Knaur Nachf., München

Umschlaggestaltung: ZERO Werbeagentur, München
Satz: Ventura Publisher im Verlag
Druck und Bindung: Clausen & Bosse, Leck
Printed in Germany
ISBN 3-426-61808-7

2 4 5 3 1

Die Grotte

1
Einen Koffer nach Ratanak bringen

Nach etwa einem Kilometer sah er, was man ihm gesagt hatte. Ein breites fünfstöckiges Betongebäude, ein Stück von der Straße entfernt am Rand des Flugplatzes. Davor befand sich der Parkplatz, auf dem ein paar Autos in der Sonne glänzten. Ein Zaun grenzte den Parkplatz von einem brachliegenden Gelände ab, das sich bis zur Straße hinzog. Niedrige Büsche wucherten zwischen Müll und Resten verfallener Mauern, in der Mitte stand eine einsame schiefe Palme.

Über dem Eingang des Gebäudes waren unverständliche verschnörkelte Schriftzeichen angebracht, doch er wußte, was dort stand: HAUS DER FREUNDSCHAFT ZWISCHEN RATANAKIRI UND VIETNAM.

Um elf Uhr mußte er auf diesem Parkplatz sein.

Die Angst toste wie ein Liebesrausch durch seine Adern.

Plötzlich mischte sich der Kleinbus, der Egon und einige andere Gäste zum Holiday Inn brachte, in den Stadtverkehr von Ratanak. Sie tauchten in ein brodelndes, hupendes Meer von weißen Hemden,

Mopeds, Fahrrädern, Rikschas, Bussen und Kleinlastern, das die Boulevards in ganzer Breite durchströmte. Beiderseits der Straße bewegte sich jeweils in gegenläufiger Richtung ein schmaler Strom von Geisterfahrern, die es nicht gewagt hatten, auf ihre Seite hinüberzuwechseln. Jeder versuchte jeden aus dem Weg zu hupen und zu drängen, und Egons Kleinbus, ebenfalls unablässig hupend, schlängelte sich durch das Gewimmel, donnerte über riesige Schlaglöcher und wich in letzter Sekunde entgegenkommenden Fahrzeugen aus. Jeder transportierte etwas: Körbe, Holzstöße von abenteuerlichem Umfang, lebende Hühner, die in Bündeln von Lenkstangen herabbaumelten. In Rikschas saßen Damen mit ihren Töchtern in schicken Blusen, auf ihrem Stuhl in einer Karre kauerte still eine alte Frau. Im Vorbeifahren sah Egon mitten auf der Straße eine reglose Ratte liegen, die mit plattgefahrenem Hinterleib und angstvollem Blick auf den nächsten Reifen wartete, der ihr Ende bedeutete. Einige der anderen Fahrgäste, auch der Mann mit dem weißen Hut, in dem Egon seit dem Abflug in Bangkok am Morgen einen Spitzel vermutete, schossen Fotos. Das müßte er eigentlich auch tun, aber der Parkplatz lähmte ihn.

An den Bürgersteigen standen Buden, die meisten mit Aufschriften in verschnörkelten Schriftzeichen, aber es gab auch ein paar, die er lesen konnte: HOT TOCS oder POKKA, THE NUMER ONE DRINK IN RATANAKIRI. Lachende Jungs spielten Billard, und überall hockten Männer in Ölpfützen, zwischen Reifen, Auspuffrohren, Zahnrädern und Benzintanks, die wie die Überreste einer besiegten Mopedarmee aussahen. Die kleinen Seitenstraßen glichen Müllkippen, bevölkert von Ferkeln, Hühnern, nackten Kindern und Frauen mit Tragjochen. Doch überall, bisweilen mehrere Stockwerke hoch, prangte das Bild von General Sophal, dem Arbeiter Nummer eins und Herrscher von Ratanakiri. Es war immer dasselbe Porträt: Sophal, dreißig Jahre jünger, als er war, streng und gütig zugleich, eine ernste Gottheit, ein sanfter Mörder in einer blütenweiß-grünen Uniform vor feuerrotem Hintergrund: die Nationalfarben. Diese Bilder waren das einzig Makellose in Ratanak; vermutlich wurden sie genausooft erneuert, wie Sophals Uniformen gebügelt.

In einem Kreisel blieb der Bus stecken und kam gegenüber einer großen Plakatwand zum Stehen, auf der eine wie von Kinderhand gemalte Spritze rot durchgestrichen war.

»Ratanak only three traffic lights!« rief der Fahrer lachend. »All kaputt! Finish!« Aber er schaffte es, sich rauszulavieren, und schon fuhren sie wieder, mitgerissen von diesem irgendwohin führenden Strom unaufhaltsamen, tosenden Lebens. Und mittendrin er mit seinem Koffer, wie ein tödlicher Virus in einer vitalen Blutbahn.

Er fragte sich, ob der andere bereits in Ratanak war.

Sein Zimmer im sechsten Stock des Holiday Inn bot Aussicht auf den Tonlé Kong, den Großen Fluß, der an dieser Stelle sicher einen Kilometer breit war und ruhig und glänzend dahinströmte. Hunderte schmale Boote mit Rieddächern lagen wie treibende Planwagen in kleinen Gruppen auf dem Wasser. Er öffnete die Balkontür, und die Hitze, die er für einen Moment vergessen hatte, kam über ihn wie ein Tropfen Bernstein, der ihn für immer einschließen wollte. Er wich zurück und schloß die Tür.

Auf einem niedrigen Tisch am Fenster lag ein Prospekt mit Mädchengesichtern und Telefonnummern. Der Radiowecker neben seinem Bett stand auf Viertel nach eins. Keine zehn Stunden mehr.

Plötzlich begann Egon zu weinen, obwohl er sich schon nach dem ersten Schluchzer wieder in der Gewalt hatte und deshalb nicht sicher war, ob man das Weinen nennen konnte. Er setzte sich auf die Bettkante und stöhnte. Etwas drückte ihm die Brust ein, wie ein immer wieder vorspringender Airbag. Er federte mit seinem Oberkörper auf und ab, den Blick auf den Koffer gerichtet, den er auf einen Stuhl gelegt hatte.

Jetzt sitze ich hier wie ein nach Luft schnappendes altes Weib, dachte er. Weshalb mußte ich eigentlich weinen?

Er zog sich aus, ging unter die Dusche und versuchte sich zu erinnern, was die Gründe gewesen waren. Es gab drei. Die Erniedrigung, daß man versuchte, auf diese Weise an Geld zu kommen, die schlimmer war, als schlichtweg das Geld nicht zu haben. Die Einsamkeit in einer Stadt voller Menschen, mit denen man nicht eine Silbe reden konnte. Die Erleichterung, durch den Zoll gekommen zu sein – fast wäre er ohnmächtig geworden, als man ihm mit einem Nicken den Durchgang gewährt hatte. Die Grausamkeit, daß sie ihn durchgelassen hatten. Sie wußten Bescheid, da war er ganz sicher, als stünde ihm die Warnung des Einreiseformulars auf die Stirn geschrieben: RATANAKIRI – 20 GRAM – DEATH. Sie ließen ihn gehen, der Mann mit dem weißen Hut behielt ihn im Auge, und um elf Uhr würden sie verhaftet, er und der andere. Das nicht abzuschüttelnde Gefühl, dies sei der letzte Tag seines Lebens. Der Fluß, der dort ahnungslos vorbeiströmte. Daß er ein Arschloch wie Axel van de Graaf über sein Leben hatte entscheiden lassen.

Er konnte alles aufzählen.

Er war so weit entfernt von allem wie nie zuvor.

Taxis gebe es in Ratanak nicht, sagte das Mädchen an der Rezeption. Wenn er irgendwohin wolle, könne er mit dem Hotelbus fahren. Den hatte er gerade verpaßt; in einer dreiviertel Stunde ging der nächste. Wenn er nicht so lange warten wolle, müsse er zu Fuß gehen oder ein Mopedtaxi nehmen.

»Aber das würde ich Ihnen nicht raten, wenn Ihnen Ihr Leben lieb ist.«

»Mein Leben ist mir nicht lieb«, sagte er.

Mit drückenden Schuhen, dröhnendem Kopf und trockenem Mund überquerte er den staubigen Platz zwischen dem Hotel und dem Präsidentenpalast. Es kam ihm vor, als liefe er durch die Wüste. Er würde sich einen Hut kaufen müssen.

Mitten auf dem Platz war ein Springbrunnen, an dem sich eine Gruppe von Menschen versammelt hatte. Als er näher kam, erkannte er eine Hochzeitsgesellschaft mit bunten Sonnenschirmen: ein junges Brautpaar, sie in weißem Kleid mit Schleppe, er in weißem Cut, beide geschmückt mit roten Schleifchen und Rosetten, posierte am Rand des Brunnens für lachende, fotografierende Familienangehörige. Auch Egon machte eine Aufnahme, und das Paar lächelte ihm schüchtern und stolz zu. Der Brunnen war trocken.

Erschöpft und mit schmerzenden Gliedern erreichte er den Palast am anderen Ende des Platzes. Hinter dem Zaun stand auf einem Gestell ein gigantisches Porträt von Sophal. Hier liefen Touristen herum. Der Palast durfte besichtigt werden, was auch er tun würde, wenn er ein Auto hätte. Er knipste ein paar Fotos und ging dann zu den Straßen der Stadt hinüber. Die mehrstöckigen Wohnhäuser waren rußgeschwärzt und baufällig, die Außengänge quollen über von hochkant stehenden Tischen und abgelösten Wellblechplatten. An den Mauern zeichneten sich braune Spuren ab, als liefe das Abwasser außen entlang – aber der Schatten war himmlisch. Er hatte gerätselt, woran er die Mopedtaxis erkennen könnte, doch sie erkannten ihn. Nicht lange, und schon hielten zwei, drei

Fahrer neben ihm. Er winkte ab, zuerst mußte er etwas trinken.

In einer breiten Straße fand er eine Art Kneipe, einen kleinen Laden, vor dem unter einem Wellblechdach ein paar Tische und Stühle standen. Aus dem Innern drangen die Geräusche eines Fernsehers und eines Videospiels heraus, in dem sich Kinder unter Kampfgeschrei gegenseitig umbrachten. Er trank schnell hintereinander drei Gläser Bier.

Gerade als er dachte, daß er den Mann mit dem weißen Hut nicht wiedergesehen hatte und hier überhaupt keine Touristen waren, erblickte er auf der anderen Straßenseite ein ähnliches Lokal. Unter dem Vordach saß eine aus dem Westen kommende Frau, wie er ohne Begleitung. Ob sie die Aufgabe des Mannes mit dem weißen Hut übernommen hatte? Doch die Vorstellung war unsinnig. Wenn überhaupt, wurde er von einem Einheimischen beschattet. Es war vielmehr tröstlich, die Frau dort zu sehen, durch sie fühlte er sich nicht ganz so einsam.

Zwischen dem Verkehr hindurch sah er sie wie in einem Film, von dem nur noch einzelne Bilder erhalten sind. Es schien, als blickte auch sie kurz zu ihm hinüber. Egon wartete darauf, daß ein männlicher Begleiter auftauchen würde, doch sie blieb allein. Plötzlich spürte er den heftigen Drang, hinüberzugehen und mit ihr zu sprechen.

Nach einer Weile ging sie weg.

Als Egon ebenfalls aufstand und weitergehen wollte, merkte er, daß er angetrunken war und nur mühsam seine schweren Beine bewegen konnte. Er gelangte wieder in belebtere Straßen und machte noch ein paar Urlaubsfotos: Stände, an denen T-Shirts mit Tim und Struppi in Ratanakiri verkauft wurden, ein Kino mit knallbunten Plakaten, die für Kung-Fu-Filme warben, einen Mönch in orangefarbenem Gewand, der hinten auf einem Fahrrad saß. Überall humpelten, krochen und lagen Krüppel mit verstümmelten Armen und Beinen, offenen Wunden und schmutzigen Verbänden, Blinde und Verrückte, deren Blicke weit über Ratanakiri hinausreichten – Opfer von Kriegen und Bürgerkriegen, Landminen, die noch überall lagen, Krankheiten und Unterernährung – ein Karneval des Verfalls und des unauslöschlichen Lebens.

Als sich Egon an den Rand des Bürgersteigs stellte, hielten sofort drei Mopeds. Er entschied sich für einen älteren Mann mit grüner Kappe, in der Hoffnung, daß er vielleicht ein paar Brocken Französisch konnte. Aber er verstand nicht einmal die Frage, ob er Französisch spreche, und Englisch konnte er auch nicht.

»Avis«, sagte Egon mehrmals, »car rent. Car, Auto.« Er steuerte mit einem imaginären Lenkrad und reichte ihm den Zettel, auf dem er die Adresse notiert hatte. »Forty-first Street, forty one. Four one!« Er schrieb die Zahlen in die Luft und zeigte sie auf seinem Zettel, worauf der Mopedfahrer immer wieder fröhlich nickte und lachte.

Schließlich stieg Egon auf, und ohne sich umzuschauen warf sich der Fahrer in den Verkehr. Egon hielt sich an seinen Schultern fest. Sie schlängelten sich durch das Gewirr der Transportmittel, und jedesmal, wenn sie fast zum Stehen kamen und das Gleichgewicht zu verlieren drohten, mußte Egon mit den Füßen beim Anschieben helfen. Dann gab der Mann wieder Gas und überdrehte den Motor, der wie ein gequältes Tier aufjaulte. Sie zwängten sich durch Lücken, die es nicht gab, und schossen haarscharf an Autos und Fahrradfahrern vorbei. Das Mädchen von der Rezeption hatte recht gehabt: Es war lebensgefährlich. Aber ihm konnte nichts passieren. Erst um elf Uhr konnte ihm etwas passieren.

Natürlich hätte er das Mädchen bitten sollen, ihm ein Auto zu besorgen. Typisch, daß er erst jetzt darauf kam. Es wäre einfach eins vorgefahren, er hätte keinen Finger krumm machen müssen. Aber was tat das zur Sache. Der Wind fuhr ihm durchs Haar, sein Hemd flatterte auf der Haut – es war herrlich, der erste schöne Moment seit Amsterdam. Wie lange hatte er schon nicht mehr hinten auf einem Moped gesessen? Hätte nicht jeder mit ihm tauschen wollen, auch General Sophal, auch Axel? Egon störte es nicht einmal, daß sie ziellos rumzufahren schienen. Während er mittlerweile Straßen und Gebäude wiedererkannte, gab der Mann immer wieder Gas und bog in andere Straßen, die sie schon passiert hatten, vielleicht in der Hoffnung, daß Egon plötzlich sagen würde, sie seien angekommen. Als sie zum soundsovielten Mal an derselben Kreuzung festsaßen, stieg Egon schließlich doch ab und gab ihm einen Dollar, der vermutlich ein Vielfaches vom eigentlichen Fahrpreis war. Sogleich stoppte ein anderes Moped, aber auch dieses und die beiden nächsten fuhren ohne Ziel herum. Die Mopedtaxis von Ratanak kannten nicht den Weg in Ratanak. Weil man ihn ohnehin nicht verstehen würde, sagte Egon einer plötzlichen Anwandlung folgend zu dem nächsten Fahrer, daß er nach Tuol Ek, zum Gefängnis, wolle. »Yes, yes«, rief dieser, und die Irrfahrt ging weiter. Als er endlich einen Fahrer erwischte, der einen zuverlässigen Eindruck machte, raste der auf einmal in eine kleine Seitenstraße, wo gewiß nicht das Gefängnis lag und die auch keine Durchgangsstraße sein konnte.

Hier wird er mich umbringen, dachte Egon. Na denn.

Es stank entsetzlich, und im Schrittempo fuhren sie um Schlaglöcher und Berge faulenden Abfalls herum. Eine Ratte, so groß wie ein Ferkel, flitzte davon in einen pechschwarzen Graben – eine offene Kloake.

Der Fahrer hielt an und bedeutete Egon abzusteigen. Was jetzt, dachte er. Sie standen vor einem Pfahlbau, wo im Dunkeln zwischen den Pfählen Fässer und Motorteile lagen. Dort saßen etwa zwanzig Jugendliche in sauberen weißen Hemden auf Stühlen. Als ein junger Mann auf sie zukam, begriff Egon, daß dieser ein Englischlehrer war, der gerade seinen Unterricht abhielt. Der Mopedfahrer war hierhergekommen, um ihn um Hilfe zu bitten.

Egon sagte, wo er hinwolle, und während der junge Mann dem Fahrer erklärte, wie er nach Tuol Ek komme, waren alle Blicke auf Egon gerichtet. Die Schüler lächelten und kicherten. Er lachte zurück. Einige Gesichter waren wunderschön.

Der Lehrer wandte sich kurz an die Klasse, worauf wieder ein helles, fröhliches Lachen ertönte.

Als sie weiterfuhren, fragte sich Egon, was der Lehrer gesagt haben mochte. Vielleicht: »Dieser weiße Mann ist höflich und nett. Ratanak gefällt ihm sehr. Er will zum Gefängnis.« Die Kinder würden ihn nie mehr vergessen.

Zwei Mopeds später war er am Ziel.

Tuol Ek war der Name des Stadtteils. Dort gab es weniger Schlaglöcher, und die großen, freistehenden Holzhäuser wirkten nicht ganz so ärmlich.

Er erkannte das Gefängnis sofort von den Bildern, die er einige Monate zuvor im Fernsehen gesehen hatte. Die weißen Mauern mit den Stacheldrahtrollen, dahinter die Kronen der drei Palmen im Innenhof, hinter denen wiederum das oberste Stockwerk des Gefängnisgebäudes zu sehen war. Links und rechts sah man die roten Ziegeldächer der beiden Seitenflügel. Vor dem heruntergelassenen Schlagbaum am Eingang standen vier Soldaten mit Gewehren im Anschlag. Über dem Eingangstor hing ein Porträt des Ersten Arbeiters mit einem Schriftzug, der sicher nicht bedeutete: ›Ich gehöre selbst hierher‹.

Von einem Feld neben dem Gefängnis erklang munteres Geschrei; ein paar Männer und Jungen spielten Volleyball.

Egon wagte nicht, die Straße zu überqueren, sondern ging auf der anderen Seite langsam die Gefängnismauer entlang. Er fühlte sich vollkommen durchschaut, als könnten hinter dieser Mauer Leute auf Bildschirmen seine Gedanken und Pläne lesen.

Trotz der Grimmigkeit der Wachleute und der Mauer mit Stacheldraht konnte man noch erkennen, daß das Gebäude während der französischen Kolonialzeit eine Oberschule gewesen war. Noch immer hing etwas von der unbefangenen Neugier auf ein zukünftiges Leben in der Luft wie ein Geruch, der an einem Kleidungsstück haftet. Unter dem rechten roten Dach hatten Vierzehnjährige Bocksprünge gemacht und an den Ringen geschaukelt. Viele von ihnen mußten noch am Leben sein – aber wie viele von ihnen wußten, daß Ratanakiri nun dort freitags morgens seine zum Tode Verurteilten enthauptete? Wie viele Köpfe dort schon gerollt waren, seit General Sophal an die Macht gekommen war und die Todesstrafe wiedereingeführt hatte, wurde in den Niederlanden nicht mehr verfolgt. Dort endete die Zählung bei 441, der Nummer von Herbert Doornenbosch, diesem großen, grobknochigen Mann, der in seiner Häßlichkeit so menschlich gewesen war – der erste und bislang einzige Weiße, den Ratanakiri zu köpfen gewagt hatte.

Vielleicht waren die Soldaten am Schlagbaum dieselben, die man im niederländischen Fernsehen gezeigt hatte, durch Doornenbosch zur Attraktion gemacht. Jeder Niederländer, der als Tourist nach Ratanak käme, würde wahrscheinlich diesen Ort des Grauens besichtigen.

Das Dach zur Linken gehörte zum Trakt mit den Todeszellen, in dem Doornenbosch seine letzten Monate verbracht hatte. Egon wußte, daß sich zwischen diesem Flügel und der ehemaligen Turnhalle eine runde Rasenfläche befand, die beiderseits von Kieswegen gesäumt wurde. Sie war ein einziges Mal mit einem Teleobjektiv von einer Hebebühne aus aufgenommen worden. Die Kameraleute, die das geschafft hatten, waren sofort des Landes verwiesen worden, aber die Bilder waren schon weg. Die Hebebühne war beschlagnahmt worden, und der Mann, der sie vermietet hatte, saß nun selbst hier für fünf Jahre.

Der Verurteilte blieb bis zuletzt in der Todeszelle. Wenn der Moment gekommen war, mußte er durchs Freie zur Turnhalle gehen, an dem Rasen vorbei, über einen der Kieswege. Ging man auf der linken oder der rechten Seite? Gab es eine Vorschrift für dieses Ritual oder nicht? Überließ man die Wahl dem Verurteilten? Wie entschied der sich dann? Wie fühlte man sich, wenn man dort langging? Wurde man »von Gedanken bestürmt«, war man gelassen oder einfach nur wahnsinnig vor Angst?

Das Beklemmendste von allem, was Egon über Doornenbosch wußte, war, daß er kein Gnadengesuch eingereicht hatte. Vielleicht war er von der Aussichtslosigkeit überzeugt worden, oder er hatte nicht weitere zwanzig oder vierzig Jahre in einer Zelle vor sich hin vegetieren wollen. Doch Egon hatte einen unheimlichen Verdacht: daß er durch seine Weigerung eine Faszination für diesen Tod bewiesen hatte, daß diese furchtbare Todesart etwas sein konnte, worauf man neugierig wurde. Doornenbosch war noch jung gewesen, erst neununddreißig, voller Tatendrang, abenteuerlustig, dreimal verheiratet, hatte auf der ganzen Welt gelebt. Egon kannte ein Foto von ihm, das an dem Nachmittag vor seiner Hinrichtung aufgenommen worden war. Doornenbosch wirkte gelassen, müde und zugleich zufrieden, wie jemand, der sich von einer schweren Krankheit erholt hat. Ein Mann, der nicht mehr so stark ist, wie er einmal war, wohl aber so stark, wie er sein kann.

Es war Donnerstag: Wenn Sophal seinen Schnitt beibehielt, saßen dort links wieder ein oder zwei Männer, die am Ende der Nacht ihren Gang über den Kies antreten würden.

Gegenüber dem Eingang blieb Egon einen Moment stehen. Er wagte kaum hinüberzusehen, doch zwischen zwei Wachmännern sah er in der Ferne den Kies schimmern. Es erschreckte ihn, daß man die Steinchen, auf denen Doornenbosch seine letzten Schritte gesetzt hatte, von der Straße aus sehen konnte, allerdings wurde die ganze Gegend jeden Donnerstagabend abgesperrt und blieb es bis in den Freitagvormittag hinein.

Ein Wachmann gab ihm mit seinem Gewehr zu verstehen, daß er weitergehen solle.

Egon ging an den Volleyballspielern vorbei und sah auf seine Uhr. Viertel vor vier. Noch sieben Stunden und fünfzehn Minuten.

Ein Mopedfahrer brachte ihn schließlich doch noch zu einem Autoverleih, wenn auch nicht Avis, sondern Hertz. Mit einem weißen Toyota mischte sich Egon in den unablässigen Verkehrsstrom, und schon bald in dem Lärm mithupend, hakte er zügig die bekannten Sehenswürdigkeiten ab: den Palast, die Silberne Pagode, das staatliche Kunstmuseum, die Schule für Tanz. Überall waren Bettler, darunter kaum einer mit vier Gliedmaßen, und kleine Jungen, die Ansichtskarten verkaufen wollten. An jedem Ort schoß er Fotos. Darauf kam es an, und auf die Eintrittskarten. Doornenbosch hatte die gleichen Aufnahmen gemacht und ebenso eine Sammlung von Eintrittskarten angelegt, auch wenn es ihm nicht geholfen hatte. Vielleicht sogar geschadet, denn gewöhnliche Touristen warfen ihre Eintrittskarten weg. Wer bewahrte sie schon auf? Nur derjenige, der beweisen wollte, daß er ein Tourist sei. Und der folglich keiner war.

Egon gelang es nicht, etwas von dem, was er sah, bewußt aufzunehmen – das einzige, woran er denken konnte, war elf Uhr. Als wäre der Zeitpunkt schon Wirklichkeit, so, wie ein Land existiert, bevor man dorthin reist. Nur in der Schule für Tanz sah er sich wirklich um. Er betrat eine überdachte Terrasse, deren braunweiß gemusterter Fliesenboden einem großen Schachbrett glich, und schaute gemeinsam mit anderen Touristen von der Balustrade aus unglaublich zierlichen Mädchen in Rot und Weiß zu, die auf nackten Füßen wie Blumen tanzten, mit ihren Händen und Fingern als Blätter. Es war der erste harmonische Anblick in Ratanak, im Einklang mit etwas Höherem.

In der Silbernen Pagode sah er den Mann mit dem weißen Hut, der ihm freundlich zunickte, sich als Frank aus Tallahassee, Florida, vorstellte und Egon sagte, daß sie sich vielleicht am Abend in der Disco des Hotels Concorde begegnen würden. Egon zögerte, ob er sie aufsuchen sollte, aber es wäre sicher klug, auch dort gesehen zu werden. Kein allein reisender Mann in Ratanak, der nicht zu den Huren ging. Auch Doornenbosch war dort gewesen. Und wie sollte er sonst die Zeit totschlagen.

Als er sein touristisches Programm absolviert hatte, dämmerte es bereits. Er fuhr zu seinem Hotel zurück und machte von dort aus eine Probefahrt zum Haus der Freundschaft. Um elf Uhr mußte er den Weg problemlos finden können, außerdem wollte er wissen, wie lange er für die Strecke brauchte.

Es ist wirklich wahr, dachte er, ich tue es. Wer weiß, ob ich zurückkomme.

Er brauchte nur jeweils den breitesten Boulevard zu nehmen, um direkt zum Flughafen zu gelangen. Auch dort waren zahllose Verkaufsstände und Eßbuden, offene Feuerstellen, von denen Rauch hochstieg, und wimmelte es von geschliffenen jungen Männern in Turnschuhen und weißen Hemden, Frauen mit karierten Kopftüchern, redenden und essenden Menschen. Dieses ganze Treiben war ihm bei der Ankunft entgangen, er hatte nur den Parkplatz wahrgenommen.

Auf der anderen Seite sah er schon das Haus der Freundschaft, düster und klobig, dahinter strahlten die Lichter des Flugplatzes. Auf dem Parkplatz standen noch ein paar Autos, einige Fenster waren erleuchtet. Es wurde schnell dunkel.

Eigentlich seltsam, einen Treffpunkt zu wählen, der so ungeschützt war. Aber vielleicht war es auch von Vorteil. Innerhalb einer halben Minute konnte die Sache erledigt sein, ohne daß jemand etwas mitbekam.

Und dann? Er konnte sich nicht vorstellen, daß nach elf Uhr noch irgend etwas wäre. Morgen schien ebenso unerreichbar wie ein Traum. Er schüttelte den Kopf. Ich muß endlich aufhören, diesen dummen Fehler zu machen, dachte er. Das ist es nicht, wovor ich Angst haben muß. Morgen kommt einfach. Dies ist nicht der letzte Tag meines Lebens. Er ist der letzte Tag meines Lebens, wie es bisher gewesen ist. Aber das wollte ich gerade.

Er ließ das Gebäude hinter sich, durchfuhr den Kreisel am Flughafen und nahm die Straße auf der anderen Seite zurück. Er sah die Zufahrt zum Haus der Freundschaft, einen schmalen betonierten Weg. Noch zehn Meter davor war er unschlüssig, ob er einbiegen solle, schließlich tat er es nicht. Es kam ihm vor, als würde er etwas, das ihn beschützte, zerstören, wenn er jetzt schon auf den Parkplatz führe.

Während er in die mittlerweile im Dunkeln liegende Stadt zurückfuhr, in der kaum eine Straßenlaterne brannte und nur Feuerstellen und weiße Hemden aufleuchteten, lachte er über seine Angst und sein Selbstmitleid. Es gab keinen Grund dafür. Doornenbosch war in die Zeitung gekommen, aber es stand nicht in der Zeitung, wenn alles gutging, und womöglich war das der Normalfall, der sich Tag für Tag ereignete. Wahrscheinlich wurde inzwischen weniger streng kontrolliert, denn wer würde es nach Doornenbosch noch wagen, Drogen über Ratanakiri zu schmuggeln? Und selbst wenn man ihn verhaftete: Mit der Enthauptung Doornenboschs hatte Sophal gegenüber Amerika einen Beweis seines Wohlverhaltens erbracht; sein Land trug nicht dazu bei, die amerikanische Jugend zu vergiften. Abgesehen davon, daß er es sich nicht erlauben könnte, hätte er es auch nicht nötig, einen weiteren Niederländer hinzurichten. Wer weiß, wie die Dinge liefen, vielleicht war Axel selbst hiergewesen und hatte mit Sophal persönlich verhandelt. Womöglich war mit dem einen Kopf eine Art Tribut geleistet, und Axel hatte hier nun freie Hand. In diesem Fall hätte er auch dafür gesorgt, daß ihm nichts zustieß. Um elf Uhr würde er dem anderen seinen Koffer geben, und dann ging ihn die Sache nichts mehr an. Er hätte es allen gezeigt. Mal eben nach Ratanakiri fliegen, ein bißchen Mut zum Risiko, und schon hatte man vierzigtausend Gulden verdient. Das war doch nichts Besonderes. So packte Axel die Dinge an. Keine Angst haben, nehmen, was man kriegen kann. Er würde zum Hotel zurückfahren, schlafen und am nächsten Morgen weiterfliegen zu den Urwaldtempeln von Ta Prohm. Er würde nichts sehen, sondern nur auf den Abend warten. Dann brächte ihn das

Flugzeug nach Bangkok. Bis dahin waren es keine vierundzwanzig Stunden! Trunken vor Erleichterung und Triumphgefühlen, würde er in die Luft springen und jubeln, weil er noch lebte und Kraft und Mut bewiesen hatte. Alles andere wäre bedeutungslos. Das Geld könnte er wegwerfen – allein auf diesen Triumph würde er ein neues Leben gründen.

Ihm fiel ein, daß er vergessen hatte, die Fahrtzeit zu stoppen.

In der Lobby des Holiday Inn, im Aufzug, im Flur und in seinem Zimmer warteten uniformierte, starr blickende Männer – aber sie waren nicht da. Der Koffer war dort, wo er ihn hingelegt hatte, auf dem Stuhl am Fenster.

Der Tonlé Kong lag nun im Dunkeln, nur die sich spiegelnden Lichter der Boote ließen erkennen, daß dort ein Fluß war.

Er zog die verschwitzten Kleider aus, warf sie in eine Ecke, ging unter die Dusche, bat die Rezeption per Telefon, ihn in einer Stunde zu wecken, und legte sich aufs Bett. Er war erschöpft, wußte aber sofort, daß er nicht schlafen konnte. Vielleicht waren die Stunden vor der Hinrichtung genauso, und man wurde, wie er jetzt, fast von Herzschlag zu Herzschlag, hin- und hergeworfen zwischen Angst und Gleichgültigkeit.

Nach einer halben Stunde stand er auf, zog saubere Sachen an und verließ das Zimmer.

In dem riesigen Speisesaal mit Panoramablick über den Fluß aßen Roboter, die von Robotern bedient wurden. Hier würde er keinen Bissen runterbringen. Wenn es nun doch sein letzter Abend war, sollte er sich lieber ins pralle Leben stürzen. Ein Kellner kam auf ihn zu. Egon stammelte etwas, war sicher, daß er nicht verstanden wurde, und ergriff die Flucht, genauso wie Drogenschmuggler aus Speisesälen fliehen.

Es war kurz nach halb acht. Auf dem Hotelparkplatz war es nun nicht mehr so heiß, die Luft war fast angenehm. Egon stieg in sein Auto und machte sich auf die Suche nach einem Restaurant. Er fuhr ein Stück flußabwärts, stellte dann den Wagen ab und spazierte die Uferpromenade entlang. Überall hockten Menschen um Kochstellen herum, verlockende Düfte stiegen ihm in die Nase. Er kam zu einem weit in den Fluß ragenden Steg, von dem leise asiatische Musik und gedämpfte Stimmen zu ihm drangen und wo Leute, vor allem Europäer, beim Essen saßen. Doch diesem vertrauten Beisammensein konnte man sich an seinem letzten Abend nicht allein hinzugesellen, und so ging Egon zurück zu seinem Auto, fuhr weiter, verirrte sich in unbeleuchteten Straßen und gelangte schließlich zu einer Art Markt entlang einem Aschenweg, der immer wieder von Bahnschienen gekreuzt wurde. Von allen Seiten drang aus Lautsprechern Musik, er fuhr von einem Lied ins nächste. Zwischen Holzhütten und Marktständen hingen bunte Lichterketten, und an Tischen, die mitten auf dem Weg und sogar zwischen den Gleisen standen, saßen und lachten

Menschen. Jungen und Mädchen riefen ihm fröhlich zu, daß er aussteigen und zu ihnen kommen solle. Auf einigen Tischen standen Stühle, auf denen sehr junge Mädchen in schönen bunten Kleidern saßen. Um sie herum saßen Erwachsene, spielten Kinder. Das mußten die Eltern und Geschwister der Mädchen sein, die wahrscheinlich kleine Huren waren. Er fragte sich, wieviel sie wohl kosteten. Vermutlich ein paar Groschen. Der Anblick war heiter, doch die Vorstellung, daß sie dieses Geld, das er wahrscheinlich nicht einmal von der Straße aufheben würde, für die Anfertigung der prächtigen Kleider brauchten, besaß etwas Erbärmliches. Jugendliche und Kinder versuchten sein Auto anzuhalten, alle wollten ihn zum Aussteigen und Dableiben bewegen, und er hätte es auch gerne getan, wäre am liebsten für immer geblieben, den Koffer vergessend und nie mehr zurück – aber er mußte die Prüfung bestehen.

In einer Seitenstraße nahe eines Boulevards fand er ein nicht allzu volles Straßenrestaurant. Als er ausstieg, kamen gleich zwei kleine Jungen mit bunten Federwedeln auf ihn zugerannt. Egon verstand, daß sie sein Auto abstauben wollten. Die schönen Federwedel stimmten ihn traurig. Doch noch bevor er sich eine Antwort überlegen konnte, ertönte aus dem Restaurant eine barsche Stimme, worauf die Jungen wegliefen.

Er setzte sich und spürte, wie ihm der Luftzug eines Ventilators, der auf einem der unbesetzten Tische stand, alle paar Sekunden durchs Haar fuhr. Ein Generator brummte, drinnen war jemand damit beschäftigt, einen Steinfußboden zu legen. Ein Mädchen kam an seinen Tisch, doch da Egon ihr Englisch nicht verstand, bedeutete er ihr mit Gesten, daß er das gleiche wolle wie die Leute am Nachbartisch, drei unrasierte, junge Männer aus dem Westen.

»Chnang Dey«, sagte einer von ihnen. »Schmeckt lecker.«

»Jedenfalls wenn man Ratte mag«, sagte ein anderer.

»Ratte ist gar nicht schlecht«, sagte der dritte, »aber ich bevorzuge Kakerlaken. Ratanak ist die Kakerlakenhauptstadt der Welt.«

»Allein?« fragte der erste.

»Ja«, sagte Egon.

»Kann sich hier schnell ändern.« Sie lachten, und Egon lachte mit. Die drei kamen aus Australien, was er schon an ihrem Akzent erkannt hatte, Chris, Roger und Mike.

»Aber paß auf im Dunkeln«, sagte einer von ihnen.

»Warum?« fragte Egon.

Der Bursche fuhr sich mit der flachen Hand am Hals vorbei.

Sie nehmen mich wahr, dachte er. So sieht es aus, wenn Dr. Egon Wachter in einem Restaurant ißt, kurz vor dem Moment, von dem jeder gehört hat. Alle werden sich dafür interessieren, aber niemand wird jemals erfahren, wie die letzten Stunden waren. Die drei sehen es, doch wenn sie in der Zeitung lesen werden, was auf dem Parkplatz geschehen ist, wissen sie nicht, daß ich das war.

»Mädchen gibt's reichlich«, sagte einer der Männer. »Die hier ist Suzy Wong.« Er nickte mit dem Kopf in Richtung des Mädchens, das Egons Bestellung aufgenommen hatte und ihm nun Bier einschenkte und Eiswürfel in das Glas warf. Sie lächelte. »Suzy Wong besorgt es dir dort oben für einen Dollar. Stimmt's, Suzy?«

Das Mädchen nickte und lächelte wieder, während sie den Australiern nachschenkte.

»Aber ich nehm sie nicht, weil sie mir dafür nicht hübsch genug ist. Meinst du selbst doch auch, Suzy, oder?«

»Soll ich ihr das übersetzen?« fragte Egon. »Ich kann ein wenig Ratan.«

Die Australier lachten, aber der Witz bestand darin, daß einer von ihnen tatsächlich ein paar Brocken Ratan sprach. Er sagte etwas in schnellen, abgehackten Silben.

»Willst du nicht wissen, was das heißt?« fragte einer der anderen. »Ficker Nummer eins kriegt keinen mehr hoch.«

»Er ist schon zum fünften Mal hier«, sagte der erste.

»Hier fickt man sich durch«, sagte der Typ, der Ratan sprach.

Egons Essen wurde gebracht, ein Stövchen mit einer Suppenschüssel obendrauf, in die er all das hineintauchen mußte, was in kleinen Schalen serviert wurde, die Australier erklärten es ihm. Der Form halber aß er etwas, obwohl er keinen Hunger hatte und zudem die Vorstellung nicht loswurde, tatsächlich Rattenfleisch vor sich zu haben.

Als er erzählte, er sei Niederländer, stellte sich heraus, daß die Australier von Doornenbosch gehört hatten. Das war ein Thema, das sie interessierte. Drogen konnte man überall in Ratanak kaufen, Sophal selbst war der größte aller Händler, der in der Schweiz Milliarden zur Seite gebracht hatte. Nur duldete er keine Konkurrenz. Doornenbosch war einfach ein Stümper gewesen. In Ratanak saßen mindestens zehn Australier im Knast, die viel mehr geschmuggelt und dafür nur ein paar Jahre bekommen hatten. Doornenbosch hatte einfach versäumt, den richtigen Leuten die entsprechende Summe zuzustecken. Aber so eine Katastrophe war eine Enthauptung nun auch wieder nicht. Es dauerte nur zwölf Sekunden, und dann war man alle Sorgen los.

»Zwölf Sekunden?« sagte Egon. »Zwölf Sekunden, von der Zelle bis der Kopf ab ist?« Das erschien ihm auf einmal furchtbar kurz.

»Nachdem der Kopf ab ist«, sagte der Australier. »Der Kopf lebt noch zwölf Sekunden weiter, wußtest du das nicht? Man kann noch sehen und denken. Dann wird einem leicht schwindelig, und dann denkt man: Verdammt, ich werd doch nicht schlappmachen.«

Die Männer lachten und fingen wieder von den Mädchen an. Doch um ihnen zu verstehen zu geben, daß er aus anderem Holz geschnitzt war, erzählte

Egon von den Jungen mit den Federwedeln. Der Ratanak-Kenner öffnete ihm die Augen: Diese Jungen waren nicht acht, wie er geglaubt hatte, sondern sicher dreizehn oder vierzehn. Die Ratanakirianer waren von Natur aus kleinwüchsig, und wegen der Unterernährung waren sie noch mal halb so klein. Außerdem waren diese Federwedel nicht ihr Eigentum, die mußten sie bei ihrem Chef gegen Geld ausleihen und am Abend zurückbringen. Ihr Lebenstraum war es, einen eigenen Wedel zu besitzen oder vielleicht selbst Wedelvermieter zu werden.

Nach einer Weile brachen die Australier auf. Man würde sich bestimmt im Concorde wiedersehen. Ratanak war eine große Stadt, aber am Abend war sie nicht größer als die Disco des Concorde.

Egon sah auf die Uhr. Fast neun. Nur noch etwas mehr als hundert Runden des Sekundenzeigers – und wie schnell ging der rum! Suzy Wong brachte Kaffee, die ganze Mahlzeit kostete zwei Dollar. Er gab ihr einen Fünfdollarschein und wies das Wechselgeld zurück. Die professionelle Dankbarkeit ihres Blicks enttäuschte ihn.

Das Concorde war das andere Luxushotel in Ratanak. Dort hatte Doornenbosch gewohnt. Egon war schon am Nachmittag ein paarmal daran vorbeigekommen, und nun, nachdem er wenige Minuten orientierungslos herumgefahren war, sah er wieder den Schriftzug CONCORDE hoch oben auf dem Dach leuchten. Hinter dem Hotel fand er einen Parkplatz. Als er ausstieg, kam ein hinkender Junge mit einem kaputten Strohhut in der Hand zögernd auf ihn zu. Er hatte ein Holzbein. Egon winkte ab, aber der Junge gab ihm zu verstehen, daß er kein Geld wolle, zumindest nicht sofort. Er wollte es sich verdienen, indem er auf Egons Auto aufpaßte.

Egon sagte etwas, ohne selbst zu wissen, ob er damit ja oder nein meinte. Im Weggehen sah er, daß der Junge neben dem Auto stehenblieb.

Am Eingang der Disco mußte er eine ganze Gruppe von Bettlern abwimmeln, die ihm ihre Prothesen, leeren Hosenbeine und Stümpfe wie feilgebotene Ware hinhielten. Der Portier sah eine Weile zu und scheuchte sie dann fort. Egon glaubte, die meisten schon tagsüber an den diversen Sehenswürdigkeiten Ratanaks gesehen zu haben. Einige deuteten aufgeregt in die Richtung seines Autos. Wollten sie ihn vor dem Jungen warnen, der dort stand? Oder waren sie Konkurrenten, die sich übergangen fühlten?

Doch das war ihr Problem, damit hatte er nichts zu tun.

Die Disco war hell erleuchtet. An der Decke drehten sich große Ventilatoren aus Holz, und auf einer der Wände saßen Eidechsen, über so lange Zeit reglos, daß sie fast Ornamenten glichen, wäre das Muster nicht so unregelmäßig gewesen.

Ein Mädchen, das am Rand der Tanzfläche auf einem Barhocker saß, stieg hinunter und bot Egon ihren Platz an. Er schüttelte den Kopf, doch sie streichelte kurz seinen Arm und ging weg, ihm den Hocker überlassend.

Die Australier waren noch nicht da, wohl aber der Mann mit dem weißen Hut. Egon und er nickten sich zu, ein wenig verlegen, auch wenn es nicht weiter überraschend war, sich hier zu begegnen. Es gab noch mehr Männer wie ihn, aus dem Westen und um die vierzig, die meisten davon an der Bar, von Mädchen umringt. Die andere Person könnte unter ihnen sein, aber Egon spürte, daß es nicht so war. Erst jetzt kam ihm der Gedanke: Vielleicht gab es gar keinen anderen, und er war längst verraten worden, Teil eines Spiels, das er nicht kannte. Verfolgungswahn gehört dazu, dachte er. Es lief Abba-ähnliche Musik, die ihn sentimental stimmte. Ein junger Mann, der auf ihn zukam und in verständlichem Englisch fragte, was er trinken wolle, brach ein ganzes Gespräch vom Zaun, in dessen Verlauf er Egon immer wieder anfaßte und glucksend lachte. Wo er herkäme, wie lange er bleibe, ob er schon die Tempel von Ta Prohm gesehen habe. Auf der Tanzfläche tanzten Mädchen mit ratanakirischen Jungs, wie Aufziehpuppen in immer gleichen einfallslosen Bewegungen. Nicht zuletzt wegen ihrer adretten Ausgehkleider erinnerte das Ganze an ein Schulfest, bei dem Väter, die ihre Töchter gebracht hatten, noch ein Weilchen zuschauten.

Die Mädchen und auch die Jungen aus Ratanak hatten schöne, unschuldige Gesichter, wie die Schüler der Englischklasse. Es war eine furchtbare Vorstellung, daß solche Gesichter von den Grauen der Geschichte

Ratanakiris gezeichnet waren und daß diese Mädchen, so echt ihr Lächeln auch sein mochte und welches Ansehen ihr Beruf hier vielleicht auch genoß, die Erniedrigung fühlen mußten, daß Männer wie er sie für nichtswürdiges Geld besitzen konnten.

Im Vorbeigehen gab ihm ein Mädchen einen Kuß auf die Wange, ohne sich weiter aufzudrängen, und eine andere mit einem anmutigen Gesicht und einem gelben Kleid, das ihre schöne braune Haut zur Geltung brachte, stellte sich neben ihn und strich mit ihren Fingernägeln sanft über seinen nackten Unterarm, was ihm eine Erektion bescherte.

»You buy coke for me?« fragte sie. Bei den beiden letzten Worten ging ihre Stimme in die Höhe, so daß es wie das französische Wort für Ameise – *fourmi* – klang, ausgesprochen wie von einem Kind, das noch nicht sicher ist, ob es auch das richtige Wort sagt.

Egon nickte.

Ein Junge schob einen Barhocker herbei, auf den sich das Mädchen setzte. Sie hieß Nancy, fragte nach seinem Namen, und schon geriet die Unterhaltung ins Stocken. »Egon«, sagte er mit deutlicher Stimme. »Egon«, sprach ihm das Mädchen nach, worauf er seinen Namen wiederholte. Sie kicherte jedesmal, wenn er es sagte, vielleicht bedeutete Egon auf Ratan ja Kuhglocke. Die Frage nach ihrem richtigen, einheimischen Namen verstand sie nicht. Sie wiederholte alles, was er sagte. Sie lehnte den Kopf an seine Schulter, gab ihm einen Kuß, blies ihm hinters Ohr und biß ihn sanft in die Wange. Sie konnte genausogut fünfundzwanzig wie fünfzehn sein. Ihr Kopf war wie ein Eichhörnchen an seinem Kopf.

Er zeigte auf die Eidechsen an der Wand, die noch immer an derselben Stelle saßen.

»Alive?«

»Yes, alive!«

»Dead?«

»Yes, dead!«

Die Australier kamen herein und nickten ihm anerkennend zu. Wieder Zeugen, die ihn mit einer Hure sahen, wie es sich in Ratanak für einen normalen Touristen gehörte. Aber selbst in Gedanken fiel es ihm schwer, diese Mädchen respektlos als Huren zu bezeichnen.

Nancy und er schauten den Tänzern zu, hin und wieder streichelte sie seinen Oberschenkel.

»You come with me?« fragte sie, und für einen Moment war Egon enttäuscht, daß es ihr darum ging. »Two dolaar one time, tree dolaar whole night.« Er stellte sich eine Englischklasse vor, die im Chor diesen Satz herunterleierte. Gern wäre er mit ihr mitgegangen, wenn auch nur, um zu sehen, ob ihre Unverdorbenheit bis ins Bett reichen würde. Aber es war schon fast zehn Uhr. Ein Zucken ging durch seinen Körper.

Die letzte Stunde brach an.

Er schüttelte den Kopf.

Sofort wurde sie kühler. Zwar blieb sie neben ihm sitzen, schaute sich aber ständig um auf der Suche nach neuen Kunden. Egon gab ihr einen Fünfdollarschein und stand auf; überrascht gab sie ihm einen Kuß, der nicht recht gelang.

Vom Ausgang aus warf er noch einmal einen Blick auf die Wand mit den Eidechsen. Um elf Uhr würden sie immer noch dort sitzen. Sie waren schon in der Zukunft.

Die Bettler eilten wieder auf ihn zu, folgten ihm aber nicht, als er in die Dunkelheit trat und zu seinem Auto ging. Die Wärme war nun angenehm, ein kühler Windhauch strich seinen Hals entlang. Als er am Wagen ankam, erschrak er: Aus dem Dunkeln tauchte eine Gestalt auf. Beim Anblick des zerfransten Hutes erinnerte er sich: Es war der hinkende Junge, der angeboten hatte, auf sein Auto aufzupassen, was er offenbar auch getan hatte. Aus seinen glänzenden Augen sprachen Untertänigkeit und Würde zugleich. Egon holte sein Portemonnaie hervor und sah, daß er keine kleinen Dollarscheine mehr hatte. Mit Münzen wollte er ihn nicht abspeisen, also gab er ihm einen Zwanziger. Der Junge schien zu erschrecken. Es war ein irrsinniger Betrag, wahrscheinlich das Monatsgehalt eines Beamten. Aber was machte das in einem Moment wie diesem aus. Egon stieg ein und fuhr los.

Zwei Minuten nach zehn. Jetzt gab es keinen anderen Weg mehr.

In wenigen Minuten hatte er das Hotel wiedergefunden und sein Zimmer betreten.

Der Koffer lag auf dem Stuhl. Er hob ihn aufs Bett,

wobei er ihn zum erstenmal wieder berührte, seit er ihn abgestellt hatte. Er holte die Tasche und seine getragenen Kleider heraus, dann schloß er ihn wieder. Zwanzig nach zehn. Die Zeit reichte, um noch schnell zu duschen, doch als er unter dem Wasser stand, bekam er Angst, womöglich zu spät zu kommen. Hastig trocknete er sich ab und zog halb naß die sauberen Sachen an, die er bereitgelegt hatte. Er rief die Rezeption an, fragte nach der Uhrzeit und ließ sie sich noch einmal wiederholen. Seine Uhr ging richtig.

Acht Minuten vor halb elf. Er setzte sich auf einen Stuhl neben dem Tisch am Fenster und sah auf den Radiowecker am Bett. 22:22. Es gelang ihm nicht, einen Gedanken zu fassen. Auf dem dunklen Fluß schienen noch Lichter, vielleicht Lampions. Er versuchte bis sechzig zu zählen, um den Wecker zu zwingen, auf die nächste Minute umzuspringen, doch mittendrin stand er auf und nahm den Koffer. Also gut, dachte er, los geht's. Aufgepaßt. Das ist der Moment, als Egon Wachter sein Zimmer verlassen hat und zum Parkplatz gegangen ist.

Er ging den Flur hinunter und betrat den Aufzug. Während der Fahrt nach unten betrachtete ein Ehepaar forschend seinen Koffer. Wer schleppte schon um diese Uhrzeit einen Koffer mit sich herum? Zum Glück drängelte sich an der Rezeption eine Gruppe älterer Leute in zerknitterten Jacken, und die Lobby stand voller Koffer. Wahrscheinlich eine Reisegesellschaft, die gerade angekommen war. Niemand beachtete ihn. Nur ein Hotelboy lief herbei. Egon ließ ihn seinen Koffer tragen und in den Kofferraum des Toyotas legen.

Unvorsichtig, dachte er, nachdem er losgefahren war, der Koffer wog nicht viel. Der Boy hatte sich möglicherweise gewundert. Vielleicht hätte er Steine hineinlegen sollen. Aber das war jetzt gleichgültig – nichts konnte mehr das, was geschehen mußte, ändern.

Die Boulevards und Wohnhäuser waren dunkel, aber ein paar Lokale und Läden hatten noch geöffnet, und neben Feuerstellen saßen Leute an niedrigen Tischen mit Kerzen und Teelichtern und aßen.

In den Straßen war es ruhiger geworden.

Schnell fand er die Punkte wieder, die er sich bei seiner Probefahrt eingeprägt hatte, und bald darauf hatte er den Stadtrand erreicht und sah die Lichter des Flugplatzes. Die Asphaltstraße war noch voller Leben, geöffnete Stände, Erwachsene und Kinder, die lachten und spielten. Und irgendwo machten sich Menschen auf den Weg zu ihm. Polizisten oder Räuber. Oder nur der andere.

Er mußte schlucken, es klang wie der Laut eines Babys. Als hätte er einen Taucheranzug an, der ihn mit einer dicken Schicht von der Wirklichkeit trennte.

Auf der anderen Seite zeichnete sich nun das Haus der Freundschaft wie ein breiter schwarzer Block vor dem erleuchteten Flugplatz ab. Vielleicht wartete der andere schon auf ihn. Er konnte nicht erkennen, ob dort Autos parkten.

Sieben vor elf. Er kam zu früh und fuhr langsamer.

Es war, als bestiege er ein barbarisches Schafott zu einem ihm noch unbekannten Ritual, begleitet von Gesang, Musik, Beschwörungen. Aber das Wechselbad aus Angst und Gleichgültigkeit war vorüber. Er verspürte Wehmut, nun, wo er die Stunde aller Stunden erreicht hatte. Das war der Lauf seines Lebens, niemals war etwas anderes möglich gewesen. Man ging Freundschaften und Lieben ein, die unvorhersehbar zu dem Moment führten, in dem über alles entschieden wurde. Er mußte an den Moment denken, als er gefragt wurde, was er werden wolle, und zum erstenmal »Geologe« gesagt hatte. Er war tatsächlich Geologe geworden, aber es war, als hätte er sagen müssen: »Ich will einen Koffer nach Ratanak bringen.« Jetzt stimmte alles, nie hatte es nicht gestimmt. Er verspürte zugleich Angst und Glück, als ginge er einer Erfüllung entgegen.

Er hatte den Kreisverkehr am Flughafen erreicht und fuhr wieder in Richtung Stadt. Auch auf dieser Seite flackerten Feuer, ertönten Radios, standen Buden, wo man alles mögliche kaufen konnte, und jeder Schatten konnte ein Mann mit einem Funkgerät sein, der seine Position durchgab.

Es war ohne Bedeutung.

Vor sich sah er den Weg zum Haus der Freundschaft. Er atmete tief durch und bog ab. Der Weg war abschüssig. Links lag das brachliegende Gelände, der Zaun des Parkplatzes mit der Durchfahrt nach links. Er fuhr auf den Parkplatz.

Dort stand ein einziges Fahrzeug, ein weißer Kleinbus, genau so einer wie derjenige, der ihn vom Flugplatz abgeholt hatte.

Er parkte seinen Wagen ein paar Plätze weiter, frontal zum Zaun, in Richtung des Weges. Er stellte den Motor ab, schaltete die Scheinwerfer aus, drehte sein Fenster hinunter. Es war still. Er sah zu den Lichtern am Weg hinüber. Er erkannte die schiefe Palme mitten auf dem Gelände.

Er warf einen Blick auf seine Uhr. Zwei vor elf.

Vielleicht wartete der andere dort in dem Bus. Er stieg aus, wagte es aber nicht, dorthin zu gehen. Er beobachtete, ob sich etwas bewegte, so wie man bei Leichen in Filmen zu erkennen versucht, ob sie atmen. Aber er sah nichts.

Es war still auf dem Parkplatz, eine tiefe Stille, die erst durch die Geräusche hörbar wurde: ein Moped, Autos auf der Straße, Stimmen und Radiomusik aus den Buden, ein fernes Motorenbrummen vom Flugplatz. Er nahm auch ein Summen wahr, tief und vibrierend, wie von diesem australischen Blasinstrument.

Ein Schatten huschte über das Feld, ein Tier oder ein Stück Papier. Wer wohl wußte, daß er jetzt hier war, ungeschützt, mit einem millionenschweren Koffer?

Er war völlig nüchtern. Die Luft war mild, wie bei einem ersten Rendezvous.

Elf Uhr. In einer Minute wüßte er, was hier geschehen würde. Seltsam, daß man nicht einmal so weit in die Zukunft sehen konnte.

Sah der andere zu ihm? Aus dem Bus? Aus dem Haus?

Ein Papier raschelte am Zaun, auf dem Flugplatz flackerte ein Licht – und dann sah er plötzlich Scheinwerfer, die die Straße verließen: Ein Auto bog zum Haus der Freundschaft ab. Egon setzte sich wieder in seinen Wagen und schloß die Tür. Das Fenster ließ er auf. Das andere Auto fuhr langsam das Feld und den Zaun entlang, durch das Tor auf den Parkplatz, hinter ihm vorbei und hielt schließlich, mit der Front zum Zaun, zwischen ihm und dem Bus.

Der Motor wurde abgestellt, die Lichter erloschen. Egon wagte nicht hinüberzublicken.

Es war still. Wieder drangen die Geräusche von der Straße zu ihm, Musikfetzen. Das Blasinstrument. Didgeridoo hieß das Ding, jetzt fiel es ihm wieder ein.

Eine Tür des anderen Autos wurde geöffnet und zugeschlagen. Jemand war ausgestiegen, er hörte Schritte. Eine Gestalt näherte sich, ging hinter seinem Auto vorbei, kam zu seinem offenen Fenster, beugte sich herunter.

»Nobody lives in Siberia anymore«, sagte eine Stimme.

Es war eine Frau. Eine Amerikanerin, soweit er das an den wenigen Worten erkennen konnte. Sie klang heiser, mitten im Satz hatte sie sich räuspern müssen. Ihre Stimme war freundlich und höflich.

Er schaute auf und erkannte sie. Es war die Frau, die am Nachmittag auf der anderen Straßenseite gesessen und seinen Blick kurz erwidert hatte, als er vor einem Lokal ein Bier getrunken hatte.

»In Brazil there are forests«, sagte er.

Die Frau stöhnte, wankte und fiel zu Boden.

Es war wieder still. Egon konnte sie nicht mehr sehen. Das Didgeridoo brummte, ein Moped knatterte vorbei. Wieder bewegten sich Schatten über das freie Feld zwischen dem Zaun und dem Weg, und nun erkannte er, daß sie von Scheinwerfern stammten. Er wollte die Fahrertür öffnen, aber sie ging nur einen Spaltbreit auf, weil die Frau davorlag. Er rückte auf den Beifahrersitz und stieg auf der anderen Seite aus.

Sie lag reglos da, nur ihre Finger bewegten sich, wie Seeanemonen in ruhigem Wasser. Sie trug einen schwarzen Rock und eine schwarze Bluse, eine Halskette lag über ihrem Kinn. Egon kniete sich neben sie. Ihre Augen waren geschlossen, mit der Zunge leckte sie sich über die Lippen. Er schob die Kette weg und gab ihr kleine Klapse auf die Wangen, die sich feucht anfühlten. Es kam ihm seltsam vor, die Wange einer Frau zu berühren, die er nur auf der gegenüberliegenden Seite einer Straße gesehen hatte.

Sie schlug die Augen auf und sah ihn an.

»Sorry«, sagte sie.

»Geht es?« fragte Egon.

»Ja.«

»Weißt du, wo du bist?«

»Ja, sicher.« Sie richtete sich auf, blieb einen Moment sitzen, dann half ihr Egon aufzustehen. Sie ließ es zu. Ihr Atem ging schwer.

»Setz dich besser hin«, sagte er. Sie nickte, und er half ihr auf den Fahrersitz seines Autos. Er ging um den Wagen herum und setzte sich neben sie.

»Ich hab solche Angst«, sagte sie.

»Ich auch«, sagte er.

»Ich hab so was noch nie gemacht.«

»Ich auch nicht.«

»Es ist verrückt«, sagte sie.

»Ja.«

In ihrer Stimme lag etwas Beruhigendes, sie schien ihm wie aus einer vertrauten Welt. Es war unglaublich, daß er nun doch mit ihr sprach. Sie hatte dunkles Haar, ein Gesicht, dessen Ausdruck zugleich traurig und spöttisch wirkte. Es war noch sehr bleich. Sie schien um die vierzig zu sein. Sie verzog den Mund, als ließe ein Schmerz nach.

»Ich habe dich heute nachmittag gesehen«, sagte Egon. »In der Stadt, kann das sein? Ich habe draußen gesessen und etwas getrunken, und du auch, auf der anderen Straßenseite.«

»Beim Palast«, sagte sie. »Ja. Ich habe dich auch gesehen. Du warst allein.«

Egon verspürte eine große Erleichterung, als hätten sie sich an diesem Nachmittag verloren und nun wiedergefunden. Auch sie klang erleichtert. Plötzlich dachte er, daß die Sache schlecht organisiert war. Wenn er sie nun am Nachmittag wirklich angesprochen hätte. Dann hätten sie gewußt, wer sie waren, was tödliche Folgen haben könnte, falls einer von ihnen verhaftet würde.

»Sollen wir es machen?« fragte er.

»Ja«, sagte sie. Sie nickte.

Sie stiegen aus und gingen zum Kofferraum seines Autos.

Dort standen sie einander gegenüber und sahen sich an. Es war, als bildeten die Stille, das Brummen des Didgeridoo und der Himmel eine Kuppel über dem Parkplatz, als stünden sie in einem riesigen Saal, in dem es keine Zeit gab und kein anderer Mensch sein konnte.

Egon öffnete die Klappe und nahm den Koffer heraus. Gemeinsam gingen sie zu ihrem Wagen. Sie öffnete ihren Kofferraum, und er legte den Koffer hinein. Beim Zuschlagen der Klappe stieß sie sich den Oberarm.

Sie stieß einen Schmerzenslaut hervor, im Reflex legte Egon eine Hand auf ihre Schulter, und im nächsten Moment lag sie in seinen Armen. Sie preßte sich an ihn, und er preßte sich an sie. Ihre Wangen berührten sich. Sie weinte, ihr Körper zuckte. Auch er weinte, aus Angst, aber auch aus Erleichterung, daß er sie wiedergefunden hatte, daß sie bei ihm war auf diesem düsteren Parkplatz in Ratanak. Ihre Wange war naß, er fühlte ihr Gesicht an seinem, das keinen Kuß suchte, doch dann küßten sie sich. Auf die Wangen, auf den Mund, sanft und rhythmisch, als wollten sie etwas beschwören.

Geh weg, wollte er sagen, das einzige, was wir hier tun müssen, ist weggehen. Sieh zu, daß du dein Leben rettest. Aber es war unmöglich, sie loszulassen.

Sie nahm sein Gesicht in die Hände und sah ihn an, kopfschüttelnd, mit einem Lächeln.

»Ich kann das nicht glauben«, sagte er, und sie erwiderte etwas, aber beide hatten vom Weinen eine so verstopfte Nase, daß sie einander nicht verstehen konnten. Sie mußten lachen.

Beide atmeten tief durch. Er nahm ihre Hand und führte sie zu seinem Auto. Sie setzten sich auf die Rückbank und umarmten einander.

Es war schön, wie eine Erfüllung, sie an sich gedrückt zu fühlen, sie zu küssen, von ihr geküßt zu werden, ihren Speichel zu schmecken, ihren Atem zu hören. Er wußte nicht, wie sie hieß oder woher sie kam, aber es war, als hätte er niemals eine Frau so geliebt. Manchmal konnte er denken, und dann nahm er von allem, was war, eine Einzelheit wahr, ihre Hand in seinem Haar, ihr Seufzen, ihre Wange, ihre Lippen, und er merkte, daß sie unbeholfen küßte, wie ein Schulmädchen, das es zum erstenmal tut, aber das machte es nur noch schöner. Und mitten in einem Kuß wußte Egon, daß es der letzte war, wenn er zu Ende wäre, würden sie auseinandergehen und sich nie mehr wiedersehen.

Sie ließen einander los. Er hörte wieder das Brummen.

»Haben wir überhaupt die richtigen Losungen gesagt?« fragte sie.

Sie lachten.

»Ich hatte die ganze Zeit Angst, daß ich meine vergessen würde«, sagte Egon.

»Ich auch! Aber vielleicht waren sie wirklich falsch. Vielleicht hatten wir einen ganz anderen Auftrag.«

»Ein Attentat auf General Sophal verüben?«

»Genau!« sagte sie. »Jetzt weiß ich es wieder. Wir sollten zusammen zum Palast gehen und Sophal kaltmachen. Deshalb saßen wir auch heute nachmittag dort, wir mußten die Umgebung sondieren.«

»Und wenn wir gefaßt werden?«

»Dann werden wir gefeiert! Wir treten auf den Balkon, und das ganze Volk kommt zum Palast, um uns zu danken und zu jubeln. Und dann werden alle Bilder von Sophal runtergerissen und statt dessen Bilder von uns aufgehängt!«

»König ...« sagte Egon. Er hatte sagen wollen: »König Egon und Königin ...«, aber er brach rechtzeitig ab.

Sie hatte es gemerkt. »Wäre nicht klug, wenn wir wüßten, wer wir sind, oder?«

»Nein«, sagte er.

Sie malten sich weiter aus, wie sie die Geschichte Ratanakiris verändern, Gefangene freilassen, Journalisten aus der ganzen Welt empfangen würden, und Egon stellte sich vor, wie ihn jeder in den Niederlanden sähe: der Befreier eines leidenden Landes, mit dieser netten Königin an seiner Seite.

»Ich liebe dich«, sagte die Frau.

»Ich liebe dich«, sagte Egon.

Sie schwiegen eine Weile. »Wir müssen gehen«, sagte er.

»Ja«, sagte sie.

Sie zog ihre Bluse zurecht und strich sich das Haar glatt. Egon schaute zu. Es waren die letzten Sekunden, aber sie waren noch beieinander.

Sie lachte ihm zu, ein bitteres Lachen, mit einem hochgezogenen Mundwinkel. »Good-bye«, sagte sie.

»Good-bye.«

Er sah sie noch, konnte sie berühren. Aber sie stieg aus, winkte ein letztes Mal, und dann konnte er sie nicht mehr sehen. Er hörte ihre Schritte, das Zuschlagen der Autotür. Gleich würde der Motor anspringen. Und dann führe sie weg.

Morgen würde er an den Tempeln von Ta Prohm vorbeigehen und an sie denken. Es gäbe nie mehr eine Stunde, in der er nicht an sie denken würde. Sie war die Frau seines Lebens. Aber nie würde er wissen, wer sie war.

Und wenn es nun Unsinn war, daß sie nichts voneinander wissen durften? Was wog das Risiko gegenüber der Gewißheit, sich nie mehr wiederzusehen? Wie viele Sekunden hatte er noch, um zu beschließen, daß sie jedes Risiko wert war? Sollte er aussteigen, sie zurückhalten, fragen, wie sie hieß und wo sie lebte, oder ihr Nummernschild aufschreiben, wenn sie schon wegfuhr?

Er wußte es nicht. Er mußte sich jetzt entscheiden. Jeden Moment konnte der Motor anspringen.

2
Freunde

Egon sah Axel van de Graaf zum erstenmal an einem schönen klaren Sommermorgen um sieben Uhr auf Bahnsteig 1 des Amsterdamer Hauptbahnhofs. Seine Mutter hatte ihn mit der Straßenbahn gebracht, er wollte aber nicht, daß sie ihn weiter als bis zur Halle begleitete. Dort hatten sie Abschied genommen. Er wußte, daß sie ihm nachschaute, drehte sich aber nicht um, als er mit seinem Seesack über der Schulter die Treppe zu dem Bahnsteig hochging, wo die Ferienfahrt mit Davy Jugendreisen nach La Roche in den belgischen Ardennen beginnen würde.

Er war gerade vierzehn geworden, und weil es eine Reise für Vierzehn- bis Siebzehnjährige war, fürchtete er im stillen, der Jüngste von allen zu sein. Als er den Bahnsteig betrat und nach seiner Gruppe Ausschau hielt, sah er am Fuße eines Baugerüsts, das bis hoch zur Kuppel reichte, einige Kinder und Erwachsene beieinanderstehen. Neben Taschen und Rucksäcken stand eine große Kiste auf dem Boden mit einem gelbgrünen Emblem, an dem er, wie in den Prospekten angekündigt, Davy erkennen konnte. Ihn jedoch sah keiner, denn alle blickten nach oben, und als Egon ebenfalls hochschaute, wußte er, warum: Ein Junge war auf das Gerüst geklettert und schon ziemlich weit oben. Ein Betreuer rief ihm etwas zu, doch der Junge stieg weiter. Ein klirrendes, summendes Geräusch in den Rohren begleitete jede seiner Bewegungen. Es sah gefährlich aus, und Egon hielt die Luft an aus Angst, der Junge würde hinunterfallen.

»Komm runter! Das ist lebensgefährlich! Wir sind verantwortlich dafür, wenn dir was passiert!« rief der Betreuer, der selbst noch ein junger Bursche war. Aber der Junge in dem Gerüst kletterte weiter, bis er das oberste Brett direkt unter dem Dach erreicht hatte. Dort richtete er sich auf und blickte, die Zehen über den Rand hinausgeschoben, lachend nach unten. »Hehoo!« schrie er. Seine Stimme hallte durch den Bahnhof.

»Komm runter!« rief der Betreuer noch einmal.

»Was?« ertönte es von oben. »Was hast du gesagt?«

»Komm runter! Und paß bitte auf!«

»Ich komme!« rief der Junge. Er lief auf dem Brett hin und her, sprang ein paarmal hoch, um das Dach zu berühren, und kam erst dann, mit halsbrecherischen Schwüngen von Rohr zu Rohr, wieder hinunter. Vom untersten Brett aus sprang er auf die Davy-Kiste und von dort auf den Bahnsteig.

Der Betreuer ging zu ihm und sagte: »Jetzt sag mir bitte, warum du das gemacht hast.«

»Ich habe kein Schild KLETTERN VERBOTEN gesehen«, sagte der Junge. »Ich wollte nur nachsehen, ob vielleicht oben eins hängt.«

Die anderen Kinder versuchten ihr Lachen zu unterdrücken. Der Betreuer wußte einen Moment lang nicht, was er sagen sollte.

»Mach das nicht noch einmal«, sagte er. »Wenn du runterfällst, sind uns allen die Ferien verdorben.«

Alle schauten den Jungen an. Doch der ging an dem Betreuer vorbei und auf Egon zu, als hätte er auf ihn gewartet. Er hatte ein schmales Gesicht, strähnige dunkelblonde Haare und leuchtend blaue Augen.

»Hey, ich bin Axel van de Graaf«, sagte er. »Wie heißt du?«

Es waren die Ferien, die dazu vorherbestimmt waren, sich zum erstenmal zu verlieben, was Egon auch tat, und wenn er später daran zurückdachte, waren es auch die Ferien, in denen er zum erstenmal geraucht hatte und betrunken gewesen war; in denen er zum erstenmal mit einem Mädchen im Bett war, sogar mit zwei Mädchen; die Ferien, die ihn zum Geologen gemacht hatten – aber vor allem waren es die Ferien, in denen er Axel kennengelernt hatte und von denen er erzählte, wenn ihn wieder einmal jemand fragte: »Sag mal, du kennst doch diesen Axel van de Graaf, oder? Was ist das eigentlich für ein Typ?«

Die Mädchen waren zwei Schwestern aus Haarlem, Vera und Florrie Lanaker, siebzehn und fünfzehn Jahre alt, die für Sexbomben gehalten werden wollten und es wohl auch waren. Im Zug saß Egon ihnen gegenüber, und als sie durch Belgien fuhren, stand er eine Weile mit Florrie, der jüngeren, im Gang, um die vorbeirasende Landschaft zu betrachten, und er erfuhr eine Menge über Reiten und die Kanzlei ihres Vaters, der Patentanwalt war – aber die Art, wie Vera lachte, als Axel ihr etwas ins Ohr flüsterte, ließ Egon erkennen, daß dieser ihm längst Meilen voraus war, falls an diese Mädchen ranzukommen war.

Es gab noch ein anderes Mädchen, Marjoke Heffels aus Hilversum, die auf dem Bahnsteig gezittert hatte, als Axel von dem Gerüst kletterte, und die als fast einzige nicht über seine frechen Antworten gelacht hatte. Sie hatte lustige schwarze Haarsträhnen und blickte immer ernst, aber im Zug lächelte sie überrascht, als sich zufällig ihre Blicke trafen – und Egon lächelte zurück.

Es war eine lange Reise, und es begann schon zu dämmern, als sie auf den Ladeflächen zweier Lastwagen das Davy-Lager erreichten, eine Wiese ganz für sie allein an dem kleinen Fluß Ourthe, etwas außerhalb von La Roche. In der großen Kiste befand sich das Hauptzelt, und in zwei kleineren waren die Zelte, in denen sie jeweils zu zweit schlafen sollten. Und während sich der Geruch der noch schnell zubereiteten Nudelsuppe verbreitete und alle im Nebel, der vom Fluß aufstieg, das Hauptzelt aufzuschlagen halfen, sagte Axel zu Egon: »Du und ich, okay?«

Später am Abend rauchte Egon in ihrem Zelt zum erstenmal in seinem Leben eine Zigarette. Er fühlte sich matt und wurde albern, und Axel sagte, er habe etwas Haschisch hineingetan. Am zweiten Abend holte Axel eine Flasche Wein hervor, die er angeblich in

La Roche geklaut hatte. Egon hatte zwar schon einmal Wein getrunken, aber noch nie so viel. Als sie tags darauf nach einer langen Wanderung wieder durch die Stadt kamen, zog Axel Egon plötzlich mit sich in einen Laden und sagte, dort den Wein geholt zu haben. Während der Ladenbesitzer hinter der Theke stand und einen Kunden bediente, nahm Axel eine Flasche aus dem Regal und ging mit ihr hinaus. Egon stand wie gelähmt da. Der Ladenbesitzer sah ihn an. Er nahm schnell ein Päckchen Kaugummi und bezahlte es, aber als er den Laden verließ, kam der Besitzer hinterher und verlangte von ihm, seine Taschen zu leeren.

»Laß dich nie mehr in meinem Laden blicken«, sagte er.

»Nein«, sagte Egon, während er zugleich Axel erblickte, der ein Stück weiter auf einer Türschwelle saß, die Weinflasche sichtbar neben sich.

Axel war genau wie er vierzehn, der Sohn eines Krankenhausdirektors aus Hilversum, und er hatte es angeblich schon mit sechs Weibern gemacht, auch mit einer zweiunddreißigjährigen Frau, der Gattin eines bei seinem Vater angestellten Arztes. Mit seiner hektischen, nervösen, gebieterischen Art verbreitete er ständig das Gefühl, man verpasse etwas, wenn man nicht in seiner Nähe blieb, aber auch die Angst, jeden Moment könne ein Polizeiwagen auf die Davy-Wiese fahren und alle Komplizen des Weindiebstahls festnehmen. Axel war versessen auf Pokern und brachte es jedem bei, der wollte. Abend für Abend, manchmal auch tagsüber in dem nahe gelegenen Schwimmbad, wurde gepokert, bis die Betreuer einschritten, weil die Einsätze zu hoch waren und Axel einen Jungen geschlagen hatte, der ihn des Falschspiels beschuldigte. Da hatte er bereits über hundert Gulden gewonnen.

Wenn man wollte, daß Axel irgendwo hinging, brauchte man dort nur ein Schild BETRETEN VERBOTEN anzubringen. In der Nähe des Davy-Lagers gab es solch ein Schild, an einem Gelände der Gemeinde, auf dem Lagerschuppen, Lastwagen, große Kabeltrommeln und zwei kleine schwarze Türme standen. Diese sahen wie umgedrehte Salzstreuer aus, unter die Lastwagen fahren konnten, um von oben gefüllt zu werden. Womit, stand nicht drauf.

Als sie einmal mit der ganzen Gruppe dort vorbeigingen und Egon sich laut fragte, was wohl in diesen Salzstreuern sein mochte, kam es ihm vor, als hätte er das, was er damit auslöste, schon vor sich gesehen. Axel rannte sofort auf das Gelände und war bereits in einen der Salzstreuer geklettert, als aus einem Schuppen ein aufgebrachter Mann herauskam. Kees, der Betreuer, der Axel auf dem Bahnhof ermahnt hatte, versuchte den Mann zu beschwichtigen, während Axel auf dem Rand des Salzstreuers balancierte und rief: »Er ist leer! Da ist nichts drin!«

Er stieg wieder runter, ließ die Tiraden des Mannes über sich ergehen und schaffte es dann mit seinen zwei Wörtern Französisch, von diesem zu erfahren, welchem Zweck die Salzstreuer dienten: Im Winter wurde darin Streusalz für die Straßen gelagert.

»Den Frechen gehört die halbe Welt«, sagte jemand.

»Und den Unverschämten die andere Hälfte«, sagte Axel.

Sie wanderten durch wellige Kornfelder, wo noch in den Boden gesunkene Panzer aus der Ardennenoffensive standen, fuhren Kanu, badeten im Fluß, gingen ins Schwimmbad, besichtigten eine Grotte, sahen bei einer Falkenjagd an der Burgruine von La Roche zu, suchten das Grab eines jung gestorbenen niederländischen Dichters auf, und am Lagerfeuer diskutierten sie über den Vietnamkrieg und darüber, ob die Beatles oder die Rolling Stones besser seien. Während einer der Wanderungen zog ein gewaltiges Gewitter auf, mit Blitzen, die von Hügel zu Hügel näher kamen und schließlich so nah und von so furchtbarem Donner begleitet einschlugen, daß die Mädchen vor Schreck in die Arme der Jungen sprangen, Marjoke in Egons, und sie alle miteinander losrannten. Sie suchten Schutz in einer Scheune, die im strömenden Regen unter den Donnerschlägen erzitterte, in der es süß und nach feuchter Erde roch und fast so dunkel war wie nachts in ihren Zelten. Marjoke und Egon saßen nebeneinander auf zwei umgedrehten Eimern und lachten bei jedem Donnerschlag über das Lachen des anderen, Vera und Florrie lagen ausgestreckt auf einem Heuhaufen, Strohhalme zwischen den Lippen, Kees sah sie an, und Axel stieg auf einen Traktor, setzte ihn in Gang und rammte das Tor der Scheune.

Abends im Zelt, eine Weile nach dem Gongschlag, der ›Lichter aus‹ bedeutete, sagte Axel, er gehe noch mal kurz weg.

»Wohin?« fragte Egon.

»Zu Vera.«

»Zu Vera? Jetzt? Was willst du da?«

»Vögeln«, sagte Axel und kroch aus dem Zelt.

Egon blieb fassungslos zurück. Da ging einer aus dem Zelt, um mal eben zu vögeln. Das war unmöglich, doch ein Gefühl sagte ihm, daß es stimmte. Aber wie war es dazu gekommen? Er hatte Axel nicht besonders oft in Veras Nähe gesehen. Worüber er sich schon gewundert hatte, weil Vera ein toller Schuß war und Axel ständig von Frauen redete. Egon war schon der Gedanke gekommen, daß es vielleicht nur Angeberei war. Aber wenn es stimmte, wie hatte Axel sie dann rumgekriegt? Hatte dieses Flüstern im Zug etwas damit zu tun? Oder womöglich der Traktor? Aber auf welche Weise? Wenn er selbst das mit dem Traktor gemacht hätte, wäre er doch jetzt noch nicht an Axels Stelle. Und dann: Vera! Eine Siebzehnjährige, die die Marken von Autos aufzählte, in denen sie von Jungs zu Festen abgeholt worden war. Sie sah wie eine Frau aus. Und Axel war erst vierzehn, nur wenige Monate älter als er!

Egon öffnete das Zelt einen Spalt und schaute hinaus. Es war dunkel und neblig. Er sah die Umrisse des Hauptzeltes, kurz beleuchtet von einem nicht hörbaren Auto, das irgendwo in den Hügeln durch eine Kurve fuhr, und die im Kreis stehenden kleinen Zelte.

Im Dunkel dahinter lag der Wald. Vielleicht sah er gerade auf die Stelle, wo es passierte. Es war unglaublich: Axel vögelte. In diesem Moment. Vera vögelte.

Erstaunlich schnell war Axel wieder da, mit glänzenden Augen, gerade mal zwei Atemzüge vom Vögeln entfernt. Sie hätten es hinter dem Lager gemacht, sagte er, neben dem Weg, von dem sie meist zu ihren Wanderungen aufbrachen. Vera habe Titten, in denen man sich vergraben könne. Nein, sie hätten sich schon vor dem Gewitter verabredet. Ganz einfach, er habe ihr gesagt, sie würden sich um halb zwölf an dem Weg treffen. Nein, nicht gesagt, daß sie vögeln würden. Aus welchem anderen Grund? Um die Sterne anzuschauen?

»Aber warum hat Vera das gemacht? Ist sie verliebt in dich?«

»Was weiß ich. Weil Jungen dazu da sind, um mit Mädchen zu vögeln, und Mädchen mit Jungen.«

Verhütungsmittel hatten sie nicht benutzt. Er jedenfalls nicht. Sein kostbarer Samen in einem Gummi? Der gehörte in eine Frau und nirgendwo sonst hin.

»Aber wenn Vera schwanger wird?«

»Dann wird Vera schwanger. Nicht ich. Wenn man aus einem Flugzeug springen will, muß man einen Fallschirm tragen. Hast du schon mal einen Spaziergänger mit einem Fallschirm gesehen? Nein, weil der nicht runterfallen kann. Hey, ich will jetzt pennen.«

Er schlief sofort. Egon sah Vera vor sich, wie sie, einen Strohhalm im Mund, auf dem Heuhaufen in der Scheune lag und wußte, daß sie am Abend vögeln würde.

Der Hügel am anderen Ufer des Flusses war voller Blaubeersträucher, und es gehörte zur Tradition der Davy-Ferienlager in La Roche, an einem der letzten Abende dort mit allen gemeinsam pflücken zu gehen, jeweils in Zweiergruppen. Aus den Beeren wurde Marmelade gekocht, und je nachdem, wieviel sie pflückten, konnte jeder ein oder zwei Gläser mit nach Hause nehmen. Vor allem aber, erzählte ein Junge, der schon einmal mit Davy in La Roche gewesen war, sollten die Pärchen, die sich hier verliebt hatten, die Möglichkeit haben, unter sich zu sein.

Nach dem Essen und dem Küchendienst wurde festgelegt, wer mit wem ging. Egon hatte mit Marjoke gerechnet, aber gerade als er auf sie zugehen wollte, schob Axel, der Florrie gewählt hatte, Vera in seine Richtung.

Mit Körben, Taschen und Beuteln überquerten sie den Fluß an der Stelle, wo Steine aus dem Wasser ragten und die Jungen den Mädchen bei schwierigeren Sprüngen die Hand reichen mußten. Sie verteilten sich über den Hügel. Egon und Vera stiegen bis nach oben. Er sah den ganzen Hügel unter sich, die Ourthe, den Damm, den sie am selben Tag gebaut hatten, das Lager auf der anderen Flußseite, wo die Betreuerin Maria gerade auf dem langen Klapptisch Marmeladengläser aufreihte, die man beim Aufsetzen leise klicken hören konnte. Für einen Moment sah Egon am Fuße des

Hügels Marjokes Kopf. Sie schien ihn ebenfalls anzusehen. Er lächelte ihr zu, konnte aber nicht genau erkennen, ob ihr Blick auch ein Lächeln war. Ihr Kopf verschwand wieder zwischen den Sträuchern.

Egon und Vera pflückten schweigend. Hin und wieder machten sie eine kleine Pause, um ein paar Beeren zu essen. Er fragte sich, warum Axel nicht mir ihr gegangen war und was sie davon hielt, daß er nun mit ihrer Schwester zusammen war. Die beiden waren nirgendwo zu sehen.

Egon mußte immer wieder auf den flaumigen Brustansatz im V-Ausschnitt ihres Pullis schauen. Wenn sie sich vorbeugte, sah er sogar noch mehr. Axel hatte diese Brüste ganz nackt gesehen. Er hatte sie in den Händen gehalten! Und er konnte es sich nicht anders vorstellen, als daß Vera, so nah bei ihm, Axels Zeltkumpan, gerade auch daran dachte. Direkt vor sich sah er ein Mädchen, das ans Vögeln dachte, daran, wie sie es selbst getan hatte.

Sie schaute ihn an, zwei Beeren auf der Fingerspitze, und für einen Moment schien es, als wollte sie ihm diese in den Mund schieben, steckte sie dann aber doch in ihren eigenen. Ihre Lippen waren schwarz von den Beeren, die sie schon gegessen hatte.

»Du bist in Marjoke Heffels verliebt, stimmt's?« sagte sie. »Warum bist du nicht mit ihr gegangen?«

»Ich bin nicht in sie verliebt.«

»Bist du wohl.«

»Woher willst du das wissen?«

»Das sehe ich dir an der Nase an«, sagte sie. Sie zerdrückte eine Beere auf seiner Nasenspitze und lachte. »Sie ist ein nettes Mädchen.«

»Ja.«

»Und sie ist in dich verliebt.«

»Bestimmt nicht«, sagte Egon. Er blickte den Hügel hinunter. Es war schon zu dämmrig, um zwischen den Sträuchern einen Kopf erkennen zu können. Plötzlich spürte er eine große Traurigkeit.

»Was ist Axel eigentlich für ein Typ?« fragte Vera.

»Ein Verrückter.«

»Ist er schon immer so gewesen?«

»Weiß ich nicht. Ich kenne ihn auch erst seit diesen Ferien.«

»Wirklich? Ich dachte, ihr seid schon viel länger Freunde.«

»Nein«, sagte Egon. »Bist du in ihn verliebt?«

»Nein«, sagte sie und starrte vor sich hin. »Kannst du ein Geheimnis bewahren? Ich bring dich um, wenn du es ihm sagst. Ich bin doch in ihn verliebt. Dabei finde ich ihn gar nicht nett. Ich wußte nicht, daß so was geht.«

Sie pflückten weiter, bis sie die Beeren nicht mehr sehen, sondern nur noch ertasten konnten. Dann hörten sie Maria im Lager den Gong schlagen. Unten am Hügel kamen wieder alle zusammen und überquerten, sich gegenseitig mit den Taschenlampen den Weg leuchtend, auf den Steinen den Fluß. Im Lager wurden alle Beeren in Schüsseln geschüttet. Axel und Florrie hatten die wenigsten. Darüber lachten alle, auch Vera, aber Egon fragte sich, was sie in Wirklichkeit fühlte.

Zusammen hatten sie vier große Schüsseln gepflückt. Ein Lagerfeuer wurde angezündet, und als sie sich darum versammelt hatten, redete Kees, der selbst erst zweiundzwanzig war, über Sex. Es hatte sich bereits herumgesprochen, daß der Beerenhügel und die Sexpredigt jedes Jahr zum festen Programm gehörten. Sex, sagte Kees, sei etwas ganz Natürliches und Wichtiges im Leben, und sie seien in dem Alter, um dies, jeder auf seine oder ihre Art, zu entdecken. Davy ließ ihnen dabei, wie sie sicher schon gemerkt hätten, große Freiheit. Trotzdem sollten sie einem erfahrenen Mann wie ihm – Gelächter ertönte – glauben, daß es nicht nur ums Vögeln oder Nicht-Vögeln ging. Er benutzte genau dieses Wort, und es wurde gekichert. Eine Hand, die über eine Wange streicht, eine Ruderpartie zu zweit an einem schönen Tag, ein unerwarteter Brief, ein Spaziergang Hand in Hand an einem Fluß, wenn man verliebt ineinander sei – auch wenn sie es jetzt vielleicht noch nicht glauben würden, waren auch das Dinge, die einem einen gewaltigen Kick geben oder eine Erfüllung sein konnten, an die man sich sein Leben lang erinnerte. Mehr als an das Vögeln selbst. »Der Hügel, auf dem ihr vorhin wart, hat nur eine Spitze. Aber jeder kann seinen eigenen Weg dorthin finden.«

Plötzlich merkte Egon, daß Kees die ganze Zeit Axel anschaute. Vielleicht hatte er doch etwas mitbekommen von der Sache mit Vera. Axel erwiderte den Blick nicht. Später, als das Lagerfeuer nur noch flakkerte, war Kees im Kreis herumgegangen und hatte jeden gefragt, welche Lebenspläne er habe. Die vielversprechenden Chirurgen, Pianisten und Flugzeugkonstrukteure, die offenbar unter ihnen weilten, sorgten für manches Gelächter. Vera wollte Modeschöpferin werden, Florrie Tierärztin und Marjoke Archäologin. »Geologe«, sagte Egon, zum erstenmal auf diese Frage.

»Und du, Axel, was hast du mit deinem Leben vor?« fragte Kees.

»Scheitern«, sagte Axel.

Einige lachten, vor allem vor Schreck. Es hatte hart und grob geklungen, unverdient für so einen netten Typen wie Kees. Der brachte kein Wort mehr heraus und schien fast Tränen in den Augen zu haben. Es war diese Geschichte, die Egon später immer dann erzählte, wenn ihn jemand nach Axel fragte. Fast immer kam darauf ein Satz wie: »Na, das ist ihm auch wirklich gelungen«, und etwas Ähnliches mußte auch Kees durch den Kopf gegangen sein, aber er hatte sich so weit im Griff, es nicht auszusprechen.

Manchmal holte Egon die Fotos von diesen Ferien hervor, doch niemals zeigte er auf Vera und Florrie als den ersten Mädchen, mit denen er geschlafen hatte. Aber während sich die anderen Axel anschauten, betrachtete er sie, die eine dunkel, die andere blond, beide mit lieben, offenen Gesichtern, oder aber Marjoke, die nur auf einem einzigen Foto zu sehen war.

In ihrem Zelt erzählte Axel, daß er Florrie halb ausgezogen habe. Sie habe genauso tolle Titten. Aber sie sei zu schüchtern gewesen, dort auf dem Hügel. Deshalb habe er sich jetzt mit ihr verabredet. Egon glaubte ihm kein Wort. Aber eine Weile nachdem der Gong ertönt war, verließ Axel wieder das Zelt. Als er schon draußen war, steckte er noch einmal den Kopf rein und sagte: »Komm mit und nimm dir Vera. Die liegt sonst so allein da.«

Egon fühlte sich, als hinge er plötzlich an einem Seil über einem Abgrund. Die Vorstellung, sich ein Mädchen zu nehmen, nur weil sie sonst allein dalag, war völlig irrsinnig und von einer Kühnheit, die er selbst nie besitzen würde. Und was sollte dieses »Nehmen« bedeuten? Vögeln?

»Los, komm«, sagte Axel. »Wir gehen zusammen. Sie warten auf uns, ich hab es ihnen schon gesagt. Das sind klasse Weiber.«

Egon traute sich nicht, und er wollte auch nicht. Er war nicht einmal verliebt in Vera. Aber es war unmöglich, im Zelt zu bleiben, so wie man nicht auf seinem Stuhl sitzen bleiben kann, wenn vor dem Haus Sirenen heulen. Er kroch nach draußen. Die kleinen Zelte standen wie dunkle Monopolyhäuschen im Kreis. Unter dem Vordach des Hauptzelts brannten Petroleumlampen, und die Stimmen der Betreuer, Frank, Kees und Maria, die sich noch unterhielten, waren leise zu hören.

Sie schlugen sich in die Büsche und gingen, Axel vorneweg, in weitem Bogen um die Zelte herum. Egon hatte fürchterliche Angst, als näherte er sich dem Ort eines Verbrechens. Am Zelt der Schwestern angekommen, dachte er: Es ist nicht richtig. Es stimmt nicht.

Vera und Florrie wissen von nichts. Axel hat sich nicht mal mit Florrie verabredet.

Axel ging zum Eingang des Zelts, wo aufgeregt geflüstert wurde, dann rief er Egon, und zusammen krochen sie hinein. Die wenigen Male in seinem Leben, wenn Egon von seinem ersten Mal erzählte, tat er dies in Worten, die das Zelt der Schwestern mit Lachen und Spannung erfüllten, die es schön klingen ließen, aber es war nicht schön gewesen. Vera und Florrie hatten von nichts gewußt. Wahrscheinlich waren sie ganz normale Mädchen gewesen, überhaupt keine Nymphomaninnen, einfach auch eifersüchtig aufeinander, und hatten sich genauso wie er selbst von Axel und der rätselhaften Macht seines Charmes überrumpeln lassen.

Das Zelt war so klein, daß Egon unwillkürlich halb auf einem Mädchenkörper landete. Sie zischten sich nervös zu, ruhig zu sein, und lachten. War das lustig, Menschen fallen über Menschen her. Axel holte wieder Wein hervor, den sie jeweils zu zweit aus Campingbechern tranken. Und danach, als Egon noch dachte, daß wenigstens ein Pärchen in die Büsche gehen würde, hatte sich Axel einfach auf sein Mädchen geworfen und angefangen.

Darauf nahm sich denn auch Egon das Mädchen in seiner Zelthälfte. Später wußte er nicht mehr, welche es war. Die ersten Jahre nach dem Ferienlager glaubte er fest, es sei Florrie gewesen, aber nachdem ihn ein Zweifel beschlichen hatte, weil es logischer gewesen wäre, wenn Axel mit ihr angefangen hätte, kehrte der sichere Glaube nie mehr zurück. Doch welche es auch gewesen war, er erinnerte sich genau an den Schrekkensmoment, mitten in den erhitzten, schamhaften, unbeholfenen Bewegungen, als sich etwas, das zuerst Widerstand geboten hatte, öffnete, sie aufstöhnte und er hineinsank, sofort umschlossen von einem warmen, festen Griff.

Er erinnerte sich auch an den Laut, den Axel ausgestoßen hatte, eine Mischung aus Keuchen und Lachen. Und an die Starrheit des Körpers von seinem Mädchen, das zugleich bereitwillig war; zwischendurch hatte sie gelacht, um selbst glauben zu können, daß es schön sei, ein Lachen wie von jemandem, der als einziger in Verkleidung auf einem Ball erschienen ist und nun versucht, das Beste aus seiner Situation zu machen.

Vermutlich war Axel schneller fertig, denn kaum war er selbst gekommen, schob der ihn zur Seite, um die Mädchen zu wechseln. Sie krochen aneinander vorbei auf die andere Zeltseite und machten mit dem anderen Mädchen weiter. Nun wurde nicht mehr gelacht.

Axel kam schnell ein zweites Mal, mit einem hohen Laut.

Egon lag noch auf seinem zweiten Mädchen, als plötzlich das Zelt aufgerissen wurde und eine Taschenlampe hereinleuchtete. Sie schob ihn von sich runter.

»Was ist hier los?« rief jemand. »Seid ihr jetzt völlig verrückt geworden?« Es war Kees, hinter ihm standen Frank und Maria. »Raus aus dem Zelt.«

»Verpiß dich«, rief Axel. »Was ist denn Davy für ein Laden, kann man hier nicht mal mehr in Ruhe vögeln? Hey, hör auf, mir ins Gesicht zu leuchten!« Kees stand sprachlos da und rührte sich nicht. Axel kroch aus dem Zelt, ging auf Kees zu und schlug ihm die Lampe aus der Hand. Sie fiel zu Boden, das Glas zerbrach. Ein kleiner Grasfleck war hell erleuchtet. Vera und Florrie weinten. Aus sämtlichen Zeltöffnungen sah das ganze Lager zu. Einen Moment lang stand Axel mit nacktem Hintern vor Kees. Dann ging er an ihm vorbei und quer über die Wiese zu ihrem Zelt. Alle Augen waren auf ihn gerichtet, und als Egon über den Platz lief, wußte er, daß ihn niemand sah, weil noch immer alle auf die Zeltöffnung blickten, hinter der Axel bereits verschwunden war.

Über dem Ferienlager hing eine Stimmung, als wäre jemand gestorben. Beim Frühstück am nächsten Morgen waren alle still. Vera und Florrie saßen dicht beieinander. Egon verspürte Abscheu und Bewunderung um sich, er selbst aber empfand nur Abscheu. Am liebsten wäre er tot gewesen. Er wagte nicht, Vera und Florrie anzusehen, und schon gar nicht Marjoke. Als er es doch tat, schaute sie weg. Axel war sauer, weil es keine Schokostreusel mehr gab.

Nach dem Frühstück mußten sie ins Hauptzelt kommen, zuerst die Schwestern, dann Axel und Egon. Kees sagte, daß sie nicht zu Davy paßten. Ihre Eltern würden einen Brief bekommen.

»Du sprichst da von zwei Dingen«, sagte Axel. »Ich

passe nicht zu Davy. Das stimmt. Meine Eltern bekommen einen Brief. Das stimmt nicht. Denn wenn meine Eltern einen Brief kriegen, kriegen die Eltern von Vera und Florrie auch einen. Und darin steht, daß du dich an Florrie rangemacht hast. Das stimmt zwar nicht, aber das hättest du gern gewollt.«

Kees brachte vor Verblüffung kein Wort heraus. Schließlich sagte er mit einem leichten Kopfnicken: »Wir werden noch von dir hören.« Er hielt die Lampe mit dem zerbrochenen Glas hoch. »Kümmerst du dich um ein neues Glas?« Er wartete einen Moment. »Wohl eher nicht, oder? Dann geht jetzt.«

Draußen ging Egon zur Wasserpumpe, um sich das Gesicht zu kühlen und um einen Moment ohne Axel zu sein. Als er aufschaute, stand ihm Marjoke gegenüber. Er erschrak, und sie auch, wahrscheinlich hatte sie ihn nicht gesehen. Er fühlte sich leer und schmutzig, für alle Zeiten von etwas beraubt.

Sie wußten beide nicht, was sie sagen sollten, konnten nichts anderes als sich ansehen.

»Es war Axel«, sagte Egon.

Marjoke nickte kurz mit zusammengepreßten Lippen. »Hast du eine schlimme Strafe bekommen?« fragte sie.

»Nein«, sagte er.

»Zum Glück«, sagte sie und ging weg.

Egon hoffte, daß Axel die übrigen Ferientage keinen Ärger mehr machen würde, und das tat er auch nicht, abgesehen von der Rückreise, als er in Lüttich, wo sie umsteigen mußten, trotz aller Verbote in die

Stadt ging und erst wieder auftauchte, nachdem ihr Zug schon abgefahren war.

Die ganze Gruppe mußte eine Stunde auf den nächsten Zug warten. Axel zeigte Egon ein Bündel belgisches Geld; er hatte seinen Rest Haschisch in einer Kneipe verkauft.

Eines Abends, es war zu Beginn seines fünften Semesters Geologie in Amsterdam, stand Egon mit Freunden in einer Kneipe, als er plötzlich inmitten des Lärms seinen Namen hörte. Die Stimme war ihm sofort vertraut, und als er sich umsah, erkannte er auch gleich das schmale, eigentlich häßliche Gesicht, die stechenden blauen Augen, das strähnige Haar von unbestimmter Farbe – aber vor allem erkannte er Axel an der aufkommenden Unruhe in sich selbst.

»Egon!« rief Axel. »Was war in den Salzstreuern?«

»Nichts«, antwortete er.

Axel umarmte ihn, bestellte Bier, fragte, wie es ihm gehe, erzählte, wie es ihm selbst gehe, kramte in Erinnerungen, zog Egon aus seinem Kreis heraus und in seinen hinein.

Er hatte ein paar Jahre in einem Internat verbracht, mit etwas Verspätung sein Abitur gemacht und studierte nun im ersten Semester Jura in Amsterdam. Er war Korpsstudent, ein Grimbär, wie sich die Mitglieder von Grim, seiner Burschenschaft, nannten. Er wohnte in dem Verbindungshaus, das »der Grim« hieß und am Rande des Rotlichtviertels am Grimburgwal lag – daher der Name. Zu Axels Clique gehörten noch ein paar andere Grimbären, und auch ein unglaublich schönes Mädchen, das Hildegonde hieß. Sie war seine Freundin.

Innerhalb einer Woche war Egon in Axels Leben und dem Grim aufgenommen. Auch wenn Axel aus Hilversum kam, jahrelang in einem Internat in der Provinz Overijssel gewesen und erst vor einem Monat nach Amsterdam gekommen war, kannte er sich in den Kneipen bereits besser aus als Egon. Sie trafen sich fast jeden Abend in ein paar Stammlokalen oder nachts im Kopper, einem Kellergewölbe an einer Gracht, wo ganz anderes junges Publikum verkehrte und es dem Hörensagen nach einmal eine Messerstecherei mit tödlichem Ausgang gegeben hatte, oder aber im Grim selbst. Das Verbindungshaus am Grimburgwal war ein Labyrinth von Floren, Zimmern, Treppen und dunklen Winkeln, erfüllt vom muffigen Geruch nach Bier und Gracht. Nicht einer, dem man dort begegnete, trug eine Krawatte. Egon, der Mitglied einer progressiven Studentenvereinigung war, hatte sich eine Burschenschaft völlig anders vorgestellt, aber der Grim sei auch ein ungewöhnlicher Korps, wie ihm versichert wurde. Axel, der als einziger Erstsemester im Grim wohnte, hatte das kleinste Zimmer, eine Bude, in der zwischen Schreibtisch und Bett gerade mal ein Stuhl Platz hatte. Es war unvorstellbar, daß man dort oder irgendwo anders im Grim studieren konnte. Niemand beschwerte sich über den ständigen Lärm. Dort schien ein Fest ohne Ende gefeiert zu werden, immer im größten Zimmer, das der älteste Grimbär bewohnte, ein fast Dreißigjähriger namens René, der schon lange nicht mehr studierte. Aber eigentlich hatte man stets den Eindruck, daß es Axels Feste seien. Er war immer da, kannte jeden, und jeder kannte ihn. Es war brechend voll bei diesen Festen, die sich oft auf die anderen Zimmer ausweiteten, es gab immer Bier, wofür manchmal gesammelt wurde, und oft hing der süße, brandige Geruch von Joints in der Luft. Es kamen nicht nur Studenten dorthin. Auch Schauspielschüler fanden sich ein, Leute aus dem Kopper mit kurzen Haaren und Motorradjacken, ein junger Journalist von einer Wochenzeitung, die ihre Redaktion in der Nähe hatte, ein paar Frauen, die in dem Ruf standen, Huren zu sein, ein Sänger, der bereits eine Platte aufgenommen hatte, und eines Nachts tauchten plötzlich die Mitglieder einer berühmten amerikanischen Rockband auf, die sich in Renés Zimmer auf dem abgenutzten Sessel fläzten und zwischen den Flaschen auf seinem Schreibtisch saßen. Häufig tauchten auch zwei grobschlächtige, Platt sprechende Kerle auf, Jan und Faas, die viel älter als die anderen waren, immer auf demselben Fleck zusammenstanden und in ihrer Ruhe etwas Gefährliches ausstrahlten. »Was sind denn das für Gestalten?« fragte Egon einmal den Journalisten, mit dem er sich hin und wieder unterhielt. »Aus dem Milieu«, sagte der.

Axel war in diesen Nächten eine Feuerfliege. Manchmal sah man ihn lange Zeit nicht und fragte sich, ob er überhaupt da war, und schon wurde man wieder von dem Blick seiner stechenden Augen getroffen. Hildegonde war meistens auch da, was Axel nicht davon abhielt, regelmäßig andere Mädchen mit auf sein Zimmer zu nehmen. Das geschah auf dieselbe rätselhafte Weise wie in La Roche. Man sah ihn nicht mit dem Mädchen reden, er war kaum in ihrer Nähe, sie verschwanden einfach, und erst dann bemerkte man plötzlich, daß sie beide weg waren. Wenig später waren sie dann wieder da, strahlend und mit einem verwegenen Ausdruck auf den Gesichtern, genauso wie Axel in La Roche ins Zelt gekommen war, nachdem er sich mit Vera an dem Weg getroffen hatte. »Hab Judy mal eben mein Zimmer gezeigt«, sagte er, und nun hatte Egon keine Zweifel mehr.

Einmal, als Egon auf der Suche nach seiner Jacke eine Zimmertür öffnete, sah er ein paar Jungen und Mädchen, die sich auf einer Bettkante und einigen Stühlen gegenübersaßen. Er spürte das Geheimnisvolle, noch bevor er die Spritze sah, die sich ein Mädchen gerade an den Arm setzte. Der Anblick widerte ihn an, und vor Schreck schloß er die Tür so schnell, daß er nicht einmal gesehen hatte, ob Axel dabei war.

Im Grim herrschte eine seltsame Atmosphäre, als geschehe einiges im geheimen, was auch geheim bleiben sollte. Als wäre jeder auch etwas anderes, wovon man nichts wußte. Egon vermutete, daß Axel mit Drogen handelte. Es konnte kaum anders sein: Er studierte nicht, hatte keine Jobs und besaß doch immer Geld. Er hatte es schon damals in Belgien getan. Im Kopper, wo sich Egon wegen der permanent dröhnenden Musik nie wohl fühlte, drückte ihm Axel einmal plötzlich ein Päckchen in die Hand mit den Worten: »Nimm mal kurz.« Fast gleichzeitig stürmten mindestens acht Polizisten herein, und Egon sah sich schon für Jahre hinter Gitter wandern. Ihm war schlecht vor Angst, während er das Päckchen in der Hosentasche wie eine Granate umklammerte. Die Polizisten durchsuchten ein paar Jungs, darunter auch Axel, aber nicht ihn. Als sie wieder weg waren, gab Egon das Päckchen zurück, war jedoch so fassungslos, daß er weder Axel anschrie noch die hundert Gulden ablehnte, die dieser ihm zusteckte. Er hatte auch nicht gefragt, was in dem Päckchen war, und Axel hatte es ihm nicht gesagt.

Egon beschloß, nie mehr ins Kopper zu gehen. Ich sollte mit Axel brechen, dachte er. So etwas macht man nicht mit einem Freund.

Eines späten Abends, als er über seinen Büchern saß, kam die alte Dame, bei der er zur Untermiete wohnte, zu ihm und sagte, daß er am Telefon verlangt werde. Sie war leicht verärgert, weil er versprochen hatte, nach zehn Uhr nicht mehr zu telefonieren, aber der Anrufer hatte gesagt, er müsse ihn sofort sprechen. Es war Axel, mit einer merkwürdigen Geschichte. Ein Mädchen namens Margriet habe sich in Egon verliebt, traue sich aber nicht, es ihm zu sagen. Deshalb sage er es ihm jetzt und habe auch gleich ein Treffen für sie ausgemacht. Sie erwarte ihn um elf Uhr. Er gab ihm ihre Adresse und legte auf.

Egon verstand überhaupt nichts. Es war schon zehn

vor elf! Wohl kannte er diese Margriet, ein nicht besonders hübsches Mädchen, das er manchmal im Grim oder in Kneipen gesehen hatte. Darauf wäre er nie gekommen – er hatte immer geglaubt, sie sei hinter Axel her, der aber nichts von ihr wollte.

Er sprang auf sein Rad, fuhr ans andere Ende der Stadt und bekam eine gewaltige Schimpfkanonade ab. Margriet war um elf Uhr mit Axel verabredet gewesen. Als sie sich wieder beruhigt hatte, wollte sie nicht, daß Egon wegging. Für ein paar Wochen waren sie zusammen.

Im zweiten Winter seiner Grimjahre, wie Egon sie später nannte, kam ihm das Gerücht zu Ohren, daß Friso Lisse, ein Junge, der zum Umfeld des Grims hörte, verschwunden sei. Schon zwei Wochen habe niemand mehr etwas von ihm gesehen oder gehört. Egon fuhr ein paarmal an Frisos Wohnung vorbei, und stets stand sein Motorroller auf demselben Fleck.

Er fragte sich, ob das etwas mit dem Grim zu tun hatte. Denn wenn man schon in so einer zwielichtigen Szene verkehrte, konnte man nicht auf andere Weise verschwinden. Aber niemand wußte etwas. Dann verschwand auch Hildegonde. Man sah sie weder in den Kneipen noch im Grim. Axel ließ sich nichts anmerken. Er wich jedem Gespräch aus, das in diese Richtung zielte. Vielleicht hatte sie Schluß gemacht, was er nicht eingestehen wollte. Aber Egon hörte, daß Hildegonde auch nicht mehr zu den Vorlesungen kam. Die ganze kleine Welt war plötzlich unheimlich und verhext, als gäbe es Falltüren im Grim, durch die man verschwinden konnte, ohne daß etwas von einem übrigblieb. Wenn das mit Friso und Hildegonde geschehen war, konnte es vielleicht auch ihm widerfahren. Manchmal wünschte sich Egon genau das – so zu sein wie sie, etwas Geheimnisvolles, das Rätsel aufwarf und die Zurückgebliebenen schaudern ließ. Wenn er von den Verschwundenen sprach, stieß er immer wieder auf ein seltsames Lachen und ausweichende Blicke. Er spürte, daß er mit Menschen redete, die in das Geheimnis eingeweiht waren, aber wer es war, wußte er nicht.

Eines Abends beschloß er, Axel zur Rede zu stellen. Er suchte alle Kneipen auf, ging zum Grim und schließlich sogar ins Kopper. Dort bedrängten ihn zwei Typen, die ihm etwas verkaufen wollten und ihn bedrohten, als er sich nicht darauf einließ. Doch plötzlich tauchte Axel aus der Dunkelheit auf, grinste, als führte er etwas im Schilde, und die Jungen hauten ab. Axel zog ihn mit sich zu einem abseits gelegenen Tresen, wo er mit einem chinesischen Mädchen saß, und noch bevor Egon dazu kam, ihm seine Frage zu stellen, fragte Axel ihn etwas; ob er sich auf leichte Art tausend Gulden verdienen wolle.

Egon fühlte, wie ihm die Luft wegblieb. Axel schlug ihm vor, ebenfalls zu verschwinden. Das mußte es sein. Wenn er ja sagte, würde er die Lösung des Rätsels erfahren.

»Hat es was mit Friso und Hildegonde zu

tun?« fragte er. Er konnte kaum noch denken oder sprechen.

»Hast du Lust?« fragte Axel. »Keinerlei Risiko. Tausend Gulden!«

»Was ist mit Friso und Hildegonde passiert?«

»Tausendzweihundert«, sagte Axel. »Weil du mein Freund bist.«

Das chinesische Mädchen lächelte Egon unmerklich zu.

»Ich muß darüber nachdenken.«

»Nicht nötig«, sagte Axel. »Wer ist denn so blöd und denkt noch darüber nach, wenn ihm so eine Gelegenheit geboten wird. Tausendzweihundert Gulden!« Er lachte, gab Egon einen Stoß und wandte sich wieder seinem Mädchen zu.

In Egons Kopf rasten die Gedanken. Es schockierte ihn, wie sich Axel ohne jeden Skrupel zu seinen kriminellen Machenschaften bekannt hatte. Denn um nichts anderes konnte es gehen – warum sonst würde man jemandem einfach so tausendzweihundert Gulden anbieten. Er zögerte. Es war eine beträchtliche Summe, und vielleicht war das Risiko wirklich nicht so groß. Axel hatte seine Freundin dazu bewegt. Vielleicht war Hildegonde und Friso gar nichts zugestoßen, sondern sie mußten nur eine Weile untertauchen. Und es würde ein Abenteuer sein. Dachte er nicht oft, wenn er den ganzen Tag durch sein Mikroskop Millionen Jahre alte Steine betrachtete, daß dieses brave Leben nicht alles sein konnte und etwas Aufregendes passieren müßte, etwas, das gerade jetzt geschah? War er feige, wenn er Axels Angebot ausschlug – oder aber dumm, wenn er es tat, um nicht als Feigling dazustehen?

Als er drauf und dran war, zum Grim zu gehen und Axel zu sagen, daß er es tun würde, sah er die Lösung in einer Wochenzeitschrift. Auf der Titelseite war das Foto eines aufgedunsenen Gesichts, das er trotz des Balkens über den Augen sofort erkannte: Es war einer dieser beiden Typen, Jan und Faas, die er oft im Grim gesehen hatte. Dieser war Jan – Jan S., wie in dem Bericht zu lesen war, der von Michiel Polak stammte, dem Journalisten, mit dem er sich manchmal im Grim unterhalten hatte. S., der bereits wegen Zuhälterei und Waffenbesitz vorbestraft war, galt als Drahtzieher einer Organisation von Menschenschmugglern. Er zahlte Niederländern, vor allem Studenten, ein paar tausend Gulden dafür, daß sie nach Polen, in die Tschechoslowakei, die DDR oder andere Ostblockländer reisten. Dort lieferten sie ihren Paß ab und meldeten ihn anschließend bei der Botschaft als verloren. Wenn derjenige, der mit ihrem Paß das Land zu verlassen versuchte, erwischt wurde, nahm man sie bei der Ausreise ebenfalls fest. Das war schon mehrmals passiert; Polak nannte sieben junge Amsterdamer, die in Osteuropa im Gefängnis saßen. Friso und Hildegonde waren dabei. Sie hatten beide in Polen ein halbes Jahr bekommen, in der DDR war ein Mädchen sogar zu zwei Jahren verurteilt worden.

Axel und der Grim wurden nicht erwähnt.

»Ein paar tausend Gulden« – Axel hatte ihm tausendzweihundert angeboten und behauptet, es gebe kein Risiko. Er hatte gelogen, an ihm verdienen, ihn ins Gefängnis bringen wollen. Er hatte ihm im Kopper ein Päckchen in die Hand gedrückt, das ihm enorme Scherereien hätte einbringen können. Er ließ einen Dinge tun, die man eigentlich nicht wollte. Egon stellte sich vor, wie Friso und Hildegonde in ihren Zellen saßen, und dachte an René, dessen Zukunft versoffen wurde, während er dabeisaß. Der Grim hatte ihn selbst schon mindestens ein Semester gekostet.

Er mußte sich endlich über Axel klarwerden: Er war faszinierend, unwiderstehlich und womöglich ein Freund, aber vor allem war er ein Arschloch.

Egon beschloß, mit ihm zu brechen.

Er legte sein Vordiplom ab, wurde Assistent und erhielt für seine Diplomarbeit die Aufgabe, große Verwerfungen in den Anden zu erforschen. Er unternahm mehrere Reisen in den Westen Südamerikas, lernte Spanisch und fühlte sich wohl auf den Hochebenen, inmitten der Dorfbewohner, die ihn als eine seltsame Art Goldsucher akzeptierten, bei seinen Fahrten mit alten Landrovern, auf dem Weg zu seinem Terrain, während die Sonne gerade aufging – aber am wohlsten fühlte er sich bei der Arbeit selbst.

Wenn er Verwerfungen suchte, mit einer Hand Millionen Jahre überbrücken konnte, wenn er sie fand, Steine abklopfte, sie mit Nummern versah, in Zeitungspapier wickelte und in seinen Rucksack steckte, beim Dorftischler Kisten in Auftrag gab, in denen sie nach Hause verschifft werden sollten, dann fühlte er sich wieder wie in dem Moment, als er zum erstenmal Geologe werden wollte und sich danach gesehnt hatte. Und dieses Gefühl hielt auch an, als er zurückgekehrt war und im Keller seines Instituts die Steine wiedersah, sie in Stücke schlug und untersuchte, wenn er seine Notizen ordnete, seine Fotos entwickelte – wenn er schrieb. Daß sich nach seinem Abschluß kaum andere Möglichkeiten bieten würden, als für irgendwelche Milliardäre Öl zu suchen, bereitete ihm jetzt noch keine Sorgen. Das, was er jetzt machte, war wunderbar. Es ging um die Entstehung der Erde und des Lebens, um die Unbegreiflichkeit der Zeit. Es schuf eine Verbindung zum Damals, und er konnte sich nur darüber wundern, daß er diese Liebe bereits empfunden hatte, bevor er überhaupt wissen konnte, wem sie galt.

Axel sah er nicht mehr. Diese Welt war verschwunden. Einmal sah er in einem Kino aus der Ferne Margriet, das Mädchen, mit dem er durch Axel einmal ein Verhältnis hatte, aber er sprach sie nicht an. Auf einem Tennisplatz traf er Friso, den Typen, der als erster verschwunden war. Egon glaubte, er würde lieber nicht darüber sprechen, aber Friso fing von sich aus an. Er hatte vier Monate in einem polnischen Gefängnis gesessen. Das war inzwischen vier Jahre her, aber er war noch immer tief bewegt von der Reise, von dem Schrecken, als er festgenommen wurde, und den interessanten Gestalten mit ihren Geschichten, die er in der Haftanstalt kennengelernt hatte. Er hatte gut Polnisch gelernt und erwägte, einen Sprachkurs zu besuchen, um es nicht zu verlernen.

»Siehst du Axel noch manchmal?« fragte Egon.

»Nein«, sagte Friso. »Ich glaube, der sitzt im Knast.«

An einem Morgen im Juni, er war im letzten Semester, radelte Egon in aller Frühe zum Bahnhof, um mit dem Zug in die Ardennen zu fahren, wo er eine Gruppe Erstsemester bei ihrer ersten Kartierübung begleiten sollte. Er dachte wieder an die Ferienreise mit Davy, die vor nunmehr elf Jahren auf demselben Bahnhof begonnen hatte, als ihn plötzlich das Hupen eines Autos aus seinen Gedanken riß. Bevor er wußte, wie ihm geschah, hatte ihn das Auto an die Bordsteinkante gedrängt, und während er noch versuchte, abzusteigen, ohne zu fallen, sprang der Fahrer auch schon aus seinen Gedanken in die Wirklichkeit.

»Egon!« rief Axel, genau so wie er in der Kneipe gerufen hatte, als sie sich zum erstenmal seit La Roche wiedergesehen hatten. Er war gehetzt, aufgekratzt, überdreht von einer durchgemachten Nacht. Auf dem Beifahrersitz hing halb gegen die Tür gelehnt ein Mädchen, das schlaftrunken oder betrunken oder stoned war. »Egon! Wie geht es dir? Bist du schon Professor? Ist es früh oder ist es spät? Was war in den Salzstreuern? Komm, laß uns einen Kaffee trinken.«

Es sei nichts drin gewesen, sagte Egon, und daß er

sich freue, ihn wiederzusehen, und gerade an ihn gedacht habe, weil er auf dem Weg nach Belgien sei, aber keine Zeit habe, da er seinen Zug erreichen müsse.

»Ich bring dich hin«, sagte Axel.

»Ich bin in fünf Minuten am Bahnhof. Außerdem stelle ich mein Fahrrad lieber dort ab.«

»Ich meine natürlich nach Belgien«, sagte Axel.

Es war nichts zu machen. Axel wirbelte über einen hinweg und machte einem weis, daß die eigenen Pläne lächerlich seien und seine die einzig wahren. Egon lehnte ab, dachte daran, daß er die Zugfahrt zur Vorbereitung benötigte, um noch etwas zu lesen, daß er vielleicht noch vorher nach La Roche wollte oder zur Grotte von Harennes, und das bestimmt nicht mit Axel – daß er mit ihm gebrochen hatte –, doch da war sein Fahrrad schon angekettet, das Mädchen in ein Taxi verfrachtet, und sie fuhren bereits über die Grenze.

Es war verrückt, einem Vierzehnjährigen beim Autofahren zuzusehen. Axel war lebhaft, beherrschend, mitreißend, genauso wie früher, aber er hatte sich auch verändert. Er war nicht mehr so mager und knochig und wirkte auf eine andere Weise selbstsicher. Er wirkte nicht mehr wie ein Spieler, der auf sein letztes Geld setzt, sondern wie ein Spieler, der es sich leisten kann, zu verlieren. Er mußte nichts mehr werden, er war etwas geworden.

Was er geworden war, blieb vage. Alles blieb vage. Er studierte nicht mehr und war aus dem Grim ausgezogen, aber auf Egons Frage nach seiner Adresse nannte er keine Straße mit Hausnummer, sondern nur ein Viertel. Er handelte mit Kühlschränken, Fernsehgeräten und Blumen. Egon glaubte ihm kein Wort, und etwas anderes schien Axel auch nicht zu erwarten. Er war nun ein Berufskrimineller, daran bestand kein Zweifel. Ein Drogenhändler, abgehärtet von einem illegalen und wahrscheinlich gefährlichen Leben, von dem er jetzt einen Tag Urlaub genommen hatte. Er mußte einer spontanen Eingebung gefolgt sein, damit er jemand war, der so etwas tat – der einzige Preis, den er dafür zahlen mußte, waren die Fahrt und der Tag in Belgien.

Und trotzdem: Er gehörte zu seinem Leben. Als Freund, wie auch immer. Mit dieser Freundschaft war es vorbei, das war La Roche und der Grim gewesen, aber dies hier gehörte zu ihr wie eine Kolonie in Übersee. Und so wie dort die Gesetze des Mutterlandes weniger strikt gelten, spürte Egon, daß Axel an diesem Tag mehr denn je von sich preisgeben würde.

Sie waren etliche Stunden vor den Studenten am vereinbarten Treffpunkt und frühstückten in der Morgensonne am Marktplatz auf der Terrasse eines Hotels. Dann nahm Axel ein Zimmer, um sich auszuschlafen. Egon hatte mehr als genug Zeit, sich vorzubereiten.

Den ganzen Tag lang, während er Karten studierte, Gesteinsschichten erkundete, Proben mit Salzsäure beträufelte und Fragen beantwortete, dachte Egon an Axel, und unwillkürlich zählte er die Stunden bis zu ihrem Wiedersehen.

Als er um fünf ins Hotel ging, schlief Axel noch. Eine halbe Stunde später kam er herunter, erfrischt, aber wortkarg. Er schien Egon kaum wahrzunehmen und verschwand noch einmal für eine halbe Stunde, um zu telefonieren. Danach bezahlte er alles aus einem Portemonnaie voller Hunderter, inklusive einem gewaltigen Trinkgeld, mit dem er den Unterschied zwischen belgischem und niederländischem Geld zur Bagatelle machte. Dann machten sie sich mit dem Auto auf die Suche nach einem Restaurant. Sie fuhren durch Harennes, wo Egon den Bahnhof wiedererkannte, an dem sie damals ausgestiegen waren, um zu der Grotte zu wandern.

Inzwischen gab es dort eine Seilbahn.

Auf der Anhöhe hinter Harennes fand Axel ein Nobelrestaurant, wo sie mit Blick über die hügelige Landschaft unter Linden saßen. Es war noch früh am Abend, und sie waren die einzigen Gäste. Axel ließ eine Flasche Wein kommen, trank jedoch selbst Mineralwasser.

»Dieser Kees«, sagte Axel nach einer Weile, »hast du von dem noch mal was gehört?«

»Welcher Kees?«

»Betreuer Kees. Von Davy Jugendreisen. Weißt du noch, wie er mit Nachnamen hieß?«

»Nein«, sagte Egon.

»Du paßt nicht zu Davy Jugendreisen«, sagte Axel, wobei er jedes Wort betonte, und Egon erkannte den Satz wieder.

»Ich fand ihn nett«, sagte er. »Er hatte recht.«

»Aber doch nicht damit, einen zu stören, während man mit einer Frau zugange ist.«

»Er hatte recht, daß es schöner sein kann, mit einem Mädchen durch den Park zu spazieren, als mit ihr ins Bett zu gehen. Es war sehr mutig, das vor einem Haufen Pubertierender zu sagen. Daran denke ich noch manchmal.«

»Der war doch nur selbst geil auf die Mädels.«

»Hast du das nie erlebt? Daß du mit einem Mädchen durch einen Park gegangen bist und dann die Sterne explodierten, wenn man sich an die Hand nahm?« Egon hatte nach einem besseren Bild gesucht, aber plötzlich spürte er, daß gerade das denkbar schlechteste genau richtig war. Das war der Moment. Vielleicht sind sie nie Freunde gewesen und waren es erst jetzt. Das war der Moment, die Maske fallen zu lassen – vielleicht begriff Axel, was die Sterne bedeuten sollten, und tat es ebenfalls.

»Du unterschätzt mich«, sagte Axel. »Du bist sensibler als ich. Das willst du mir damit sagen.«

»Diese Geschichte mit Vera und Florrie, das war eigentlich eine Vergewaltigung.«

»Eine was?« sagte Axel. Er schnellte hoch, als hätte man ihn mit einem Steinchen getroffen. »Du kannst mich mal, Egon. Ich fahre dich gratis durch ganz Benelux. Hältst du deine Chauffeure immer für Vergewaltiger?«

»Sie wollten nicht wirklich.«

»Sie wollten nicht? Was soll das heißen? Haben sie es nicht getan?«

»Ich wollte es auch nicht.«

»Ach nein?« Egon sah Enttäuschung in Axel. »Aber ich kann mich noch gut erinnern, wie dein dicker weißer Arsch neben mir hoch- und runterging. Ich laß es dich mit dem steilsten Zahn im ganzen Lager treiben, und du wolltest also gar nicht? Warum hast du es dann getan?«

»Du hast mich mitgeschleppt.«

»Du antwortest nicht auf meine Frage. Warum hast du es denn darum getan?«

»Ich versteh dich nicht.«

»Sieh dir den Baum da an. Der fällt nicht um, wenn ich dagegendrücke. Ein anderer Baum vielleicht schon. Aber deshalb kann ich noch nicht sagen: Der Baum fällt um, weil ich dagegengedrückt habe. Er muß auch fallen wollen. Ich habe dich mitgeschleppt, stimmt, aber hast du dich nicht auch mitschleppen lassen? Du hast es getan, also wolltest du es.«

Dem wußte Egon einen Moment lang nichts entgegenzusetzen. Axel hatte recht. Wenn es eine Vergewaltigung war, dann war er selbst daran beteiligt gewesen.

»Dieses Päckchen, das du mir damals im Kopper gegeben hast. Erinnerst du dich daran?«

»Bei der Razzia?« Axel lachte. »Ja, ich erinnere mich.«

»Was war da drin?«

»Verbotener Stoff.«

»Was? Uran?«

Axel sah sich kurz um. »LSD«, sagte er.

»Das war eine Schweinerei von dir. Das hättest du nicht tun dürfen.«

»Ja, war ganz schön blöd von dir, daß du es genommen hast. Übrigens vielen Dank dafür. Warum hast du das eigentlich getan?«

»Es war, als müßte ich es tun.«

»Dann mußtest du es auch tun«, sagte Axel. »Darin besteht der ganze Trick. Menschen das wollen lassen, von dem du willst, daß sie es wollen. Einschüchtern. So tun, als hätte man das Sagen. Dem anderen suggerieren, daß er dumm ist, wenn er nicht mitmacht. Die Leute sind träge, sie gehorchen lieber, als selbst zu überlegen, was sie wollen. Sie sind froh, wenn man ihnen das abnimmt. Zack, zack, raus aus dem Schützengraben, laß dich abknallen. Jawohl, Herr Major. Zack, zack, jetzt wird gebumst! Bumsen? Oh. Ja, bumsen. Prima! Und wenn ihnen dann einfällt, daß sie eigentlich gar nicht wollten, haben sie schon eine Kugel im Bauch. Oder ein Kind. Sollte man sich da noch schuldig fühlen?«

»Aber du tust das für dich selbst.«

»Für wen sonst?«

Inzwischen hatten sich andere Gäste eingefunden. Axel war bei seinem Vortrag dermaßen in Fahrt geraten, daß er immer lauter redete, ohne sich darum zu kümmern, ob jemand zuhörte. »Wenn wir darauf warten würden, bis die Frauen die Initiative ergreifen, wäre die Menschheit schon längst ausgestorben. Die wollen einfach von Natur aus nicht. Der ganze Schlamassel, Schwangerschaft, Geburt und dann ein

Kind am Hals, recht haben sie. Aber wir müssen trotzdem dafür sorgen, daß der Samen dorthin kommt, wo er hingehört, wir müssen ihnen weismachen, daß sie wollen. Darin bin ich gut, ja. Ich helfe anderen, ihre Fehler zu machen, aber sie machen sie selbst. Ich erweise der Menschheit einen Dienst, und was tut mein bester Freund? Er nennt mich einen Vergewaltiger.«

»Womit verdienst du wirklich dein Geld?« fragte Egon. Sein plötzlicher Mut ließ ihm den Atem stokken. Es muß an den Worten »bester Freund« gelegen haben. Axel stutzte und brach dann in Lachen aus. »Mit Geschäften«, sagte er.

»Was für Geschäfte?«

»Himmel, Egon. Puderzucker.«

»Puderzucker? Du meinst Heroin?«

»Heroin ist braun.«

Egon merkte, daß Axel sich verplappert hatte, daß er wirklich mit Heroin handelte und aus Versehen tatsächlich »Puderzucker« gesagt hatte. Sie sahen einander an und lachten los, brüllten vor Lachen, ein Lachen ohne Arg oder Hohn, das kein Ende nehmen würde, das Lachen zweier Freunde, die einmal gemeinsam mit zwei Mädchen eine Nummer geschoben haben. Das würde es immer geben, und auf einmal wünschte sich Egon, der einzige zu sein, mit dem Axel dies teilte. Von den anderen Tischen blickte man zu ihnen herüber, einige Gäste und die Wirtin begannen mitzulachen.

Axel wurde als erster wieder ernst. »Bei mir explodieren auch manchmal Sterne«, sagte er. »Nicht mit Frauen. Aber wenn ich kämpfe. Wenn ich gewinne und der andere mein Handlanger wird.«

»Jetzt bist du mein Handlanger«, sagte Egon.

»Ich war im Knast«, sagte Axel. »Drei Monate. Eine interessante Zeit. Als ich reinkam, wußte ich nicht, was mich erwartete. Doch nach einer Woche wußte ich alles – bis auf eines: ob drei Monate reichen würden, um jeden zu meinem Handlanger zu machen. Aber es reichte. Vom Taschendieb bis zum Direktor. Wollten alle das, von dem ich wollte, daß sie es wollen. Du kennst das Leben nicht, Egon. Es geht darum, zu nehmen, was du kriegen kannst. Niemals um etwas bitten, das bringt die Leute nur auf die Idee, es dir nicht zu geben. Nie Angst haben. Angst haben ist die falsche Art, mit seiner Intelligenz umzugehen. Nehmen. Die Feiglinge nehmen wenig, die Frechen viel. Das ist das Gesetz des Lebens. Das gedruckte Gesetz ist nichts als Fassade.«

»Du hältst mich also für einen Feigling.«

»Du lebst in einer anderen Welt.«

»Gib's doch zu, du Feigling«, sagte Egon. »Warum bist du eigentlich damals am Bahnhof auf mich zugekommen?« Doch noch während er die Frage stellte, wußte er die Antwort: Axel hatte ihn als Bewunderer auserkoren. Sie waren gleich alt – in ihm hatte Axel den Vertreter der Feiglinge gesehen, den Prüfstein für seinen Mut.

Doch seine Frage hatte eine unerwartete Wirkung. Axel schwieg lange, bis er sagte: »Ich kann nicht mehr zurück.« Es klang melodramatisch und hart. »Vielleicht beneide ich dich ja. Aber als ich entdeckt habe, was ich bin, war klar, daß ich nicht mehr zurückkonnte. Verdammt, Egon, was rede ich da eigentlich für einen Quatsch? Hört sich an wie das Gefasel eines Betrunkenen. Und ich habe noch keinen Tropfen getrunken! Madame!«

Er bestellte noch eine Flasche Wein, und als diese und die nächste leer waren und es zu dämmern anfing, sagte er: »Komm, wir gehen zu den Huren. Ich kenne einen guten Sexclub in der Nähe. Wenn dich später mal einer nach Axel van de Graaf fragt, sollst du wenigstens sagen können: Er hat immer für tolle Weiber gesorgt!«

Zehn Jahre nachdem er sein Studium begonnen hatte, reiste Egon zum letztenmal in die Anden, um die Forschungen für seine Doktorarbeit abzuschließen. Er war nie länger als zwei Wochen dort gewesen, nun blieb er drei Monate.

Als er seine Arbeit beendet hatte, tat er, was er all die Jahre hatte tun wollen. In Quito kaufte er einen alten Pick-up und fuhr zwei Monate lang durch Ecuador, Peru, Chile und Bolivien. Er bestieg Vulkane, schwamm in Seen und wanderte auf alten Inka-Pfaden. Am Nachmittag des letzten Tages verkaufte er das Auto in Quito mit geringem Verlust. Sein Flug ging erst in der Nacht, und vor dem Abendessen spazierte er durch einen Park und trank draußen vor einem Lokal einen Kaffee. Es war der Abschluß eines

Lebensabschnitts. Es war genau sein halbes Leben her, daß er beschlossen hatte, Geologe zu werden, und nun war er es. Das wollte er mit dem Kaffee begießen. Vielleicht würde er nie wieder hierher zurückkehren.

Er versuchte sich einzuprägen, was er sah, die vorbeigehenden Familien, die Kinder, die auf dem Rasen Ball spielten, den Schuhputzer vor dem Lokal, weil sie diesen Moment mit ihm teilten. Aber er wurde immer wieder abgelenkt, weil an einem anderen Tisch drei Frauen saßen, von denen er eine – dessen war er sich schon auf den ersten Blick sicher – auch noch in dreißig Jahren in lebendiger Erinnerung haben würde. Sie hatte dunkles Haar, zarte Wangen und ein ernstes Gesicht, das ab und zu fröhlich aufleuchtete.

Es schien, als blickte auch sie einmal zu ihm hinüber.

Wenn sich nun tatsächlich alles so fügt, dachte er, daß ich in dem Moment, da ich meine Arbeit vollende, meine Frau finde. Und während der Schuhputzer einen einzigen Schuh polierte, sah Egon bereits alles vor sich: wie er aufstünde, die Frau anspräche, mit ihr nach Buenos Aires ginge, wo sie lebte, sie heiratete und mit ihr Kinder bekäme – und mit ihr hierher zurückkäme, um diesen Schuhputzer zu suchen und ihm die Kinder zu zeigen.

Was kann mir schon passieren, dachte er und ging zu den Frauen hinüber. Es waren Niederländerinnen, die genau wie er eine Rundreise beendet hatten und in der kommenden Nacht mit derselben Maschine zurückfliegen würden. Sie hieß Adrienne. Sie aßen zu viert in einem Restaurant, und als sie von dort zu einem Taxistand gingen, um zum Flughafen zu fahren, hakte sie sich bei ihm ein.

Im Flugzeug saßen sie nebeneinander. Als die Lichter verdunkelt wurden, schliefen sie hin und wieder ein, und jedesmal, wenn er aufwachte und sie sah, dachte er: In unserer ersten gemeinsamen Nacht schlafen wir zusammen. Er wußte, daß sie das gleiche dachte.

Adrienne lebte in Amsterdam, die beiden Freundinnen in Utrecht. Sie fuhren vom Flughafen aus mit dem Zug weiter, Adrienne und Egon nahmen ein Taxi in die Stadt. Am zweiten Abend in Folge aßen sie in einem Restaurant und verbrachten auch die Nacht wieder miteinander, diesmal bei ihr zu Hause. Am nächsten Tag, nachdem sie den Vormittag im Bett verbracht hatten, fand Egon heraus, daß sie einen gemeinsamen Bekannten hatten: Axel van de Graaf. Und, nachdem er weitergefragt hatte, daß sie einmal mit ihm im Bett gewesen war.

Als Adrienne und er sich vierzehn Jahre später trennten, wußte Egon, daß sie nur wenige unverdorbene Stunden erlebt hatten – von dem Park in Quito bis zu der Entdeckung, daß sie Axel kannte.

Es war im Grim passiert, ein einziges Mal – Adrienne war eines der Mädchen gewesen, die mit Axel auf sein Zimmer gingen, um eine schnelle Nummer zu schieben. Sie wußte nicht mehr genau, wann, aber es war in jener Zeit geschehen, als auch Egon im Grim verkehrte. Möglicherweise hatte er sie gesehen und war sie sogar eine von denen gewesen, die in ihm diesen Gedanken entstehen ließen: Axel vögelte in seinem Zimmer jedes Mädchen, das auf dem Fest war.

Er zermarterte sein Hirn, sah sich Fotos von Adrienne aus jener Zeit an, beobachtete sie beim Tanzen oder wenn sie mit einem Glas in der Hand dastand, alles in der Hoffnung, sie plötzlich wieder vor sich zu sehen, wie sie damals im Grim gewesen war, wie sie mit Axel wieder runtergekommen war – vergeblich.

Sie hatte Axel kaum gekannt, ihn vor diesem Abend nur hin und wieder in einer Kneipe getroffen und von seinem Ruf gehört. Mit ihm zu vögeln hatte Spaß gemacht. Aus lauter Übermut ein Nümmerchen schieben, mitten während eines Festes, völlig bescheuert. Vielleicht hatte sie es auch nur getan, um gegenüber ihren Freundinnen damit angeben zu können. Danach hatte sie nur furchtbar lachen müssen, und jedesmal, wenn Egon davon anfing, mußte sie wieder lachen.

»Aber wie kam es dazu?«

»Er sagte: Komm mal mit nach oben.«

»Habt ihr vorher getanzt?«

»Nein.«

»Miteinander geredet?«

»Ich habe mit einem anderen getanzt, und da legte er mir seine Hand auf den Bauch und sagte: Komm mit. Mit so einem gewissen Blick.«

»Es war dieser Blick.«

»Und die Hand.«

»Aber eigentlich hast du es getan, um angeben zu können.«

»Er gefiel mir auch ganz gut.«

»Er hat dir gefallen?«

»Blödsinn. Ich habe es getan, weil es etwas völlig Verrücktes war. Ich fand mich aber auch sehr mutig. Übrigens war er eine Niete. Die klassische Null im Bett.«

»Und wenn ich damals die Hand auf deinen Bauch gelegt hätte?«

»Dann hätte ich es nicht getan.«

»Mit mir wäre es auch etwas völlig Verrücktes gewesen.«

»Aber ich hätte es nicht getan.«

»Warum nicht? Was hat er, was ich nicht habe?«

»Das. Du hast so viel, was er nicht hat. Zum Beispiel eine nette Frau.«

Vierzehn Jahre lang führten sie dieses Gespräch, im Auto, am Tisch, im Bett, in Skiliften, Flugzeugen, Restaurants. Vera Lanaker hatte er damals, auf dem Beerenhügel in La Roche, nicht weiter befragt, aber diese Zeugin ließ Egon nicht so einfach davonkommen. Adrienne hatte Axels Macht gespürt, er hatte sie das wollen lassen, von dem er wollte, daß sie es wollte – sie mußte erklären können, warum ein Arschloch mehr erreichte als jemand, der nett war.

Aber sie wußte es nicht. »Weil er etwas Fesselndes hat.«

»Etwas Fesselndes, das ich nicht habe.«

»Ja, etwas Fesselndes, das du nicht hast. Aber nichts Fesselndes, weshalb man eher auf ihn abfahren müßte.«

»Etwas Geiles.«

»Das Wort habe ich gesucht.«

»Du findest mich nicht geil.«

»Ach, mein Egon. Hätte ich dir nur nie davon erzählt. Es hatte nichts zu bedeuten. Und jetzt will ich verdammt noch mal nie mehr etwas davon hören.«

Aber gerade weil es nichts zu bedeuten hatte, war es von größter Bedeutung. Er mußte mit Liebe bezahlen, was Axel mit einem Handauflegen erreichte. Axel hatte Adrienne auf eine Weise kennengelernt, wie er sie nie kennen würde. Ihr hatte es »Spaß gemacht« – es ging aber darum, wie das Böse über das Gute siegte!

Adriennes Vater hatte Geld. Er besaß eine kleine niederländisch-spanische Hotelkette und kaufte für seine Tochter und Egon ein Haus in einem besseren Viertel im Süden Amsterdams. Nachdem Adrienne ihr Betriebswirtschaftsstudium abgeschlossen hatte, arbeitete sie in seinem Unternehmen. Egon bekam nach seiner Promotion einige Stellen an kleinen Universitäten in Amerika angeboten, die er jedoch ablehnte; Adrienne war an Amsterdam gebunden. Er erhielt einen Lehrauftrag an der Uni für zwei Tage in der Woche und wartete auf eine Berufung zum Hochschuldozenten. In dieser Zeit absolvierte er einen Aufbaustudiengang in Erdkunde und nahm eine halbe Stelle als Lehrer an einer Gesamtschule in einem Vorort der Stadt an.

Als er eines Morgens zwischen zwei Schulstunden einen kleinen Spaziergang machte, klopfte ihm plötzlich jemand kräftig auf die Schulter. »Hey, Professor Doktor«, rief eine bekannte Stimme. »Wie läuft das Grottengeschäft?«

Es war Axel.

Er ist mit Adrienne im Bett gewesen, dachte Egon.

»Komm, laß uns einen Kaffee trinken«, sagte Axel. »Wir haben uns sicher viel zu erzählen.«

Egan versuchte nachzurechnen, wie lange sie sich nicht gesehen hatten. Das letzte Mal war ihre Fahrt nach Belgien gewesen, vor acht oder neun Jahren. Ein ganzes Leben. Von dem Jungen aus La Roche war nichts mehr übriggeblieben. Axel war fülliger, ruhiger, wirkte aber gerade dadurch auch bedrohlicher, was allerdings nicht zuletzt an seinem Begleiter zu liegen schien, einem riesigen Kerl mit kantigem Schädel und blonden Stoppelhaaren, der Bobby hieß und offenbar sein Untergebener war.

Sie gingen zu einer Kneipe an einem ruhigen Platz mit Blumenkübeln und Bänken, wo Leute ihre Hunde ausführten. Im Lokal stellte Egon fest, daß Axel ihn gar nicht allein sprechen wollte, sondern zu einem verabredeten Treffen mitgenommen hatte. An einem großen Tisch mit Blick auf den Platz saßen fünf, sechs Männer zurückgelehnt auf ihren Stühlen. Sie waren braungebrannt, launig, dick und muskulös und trugen karierte Hemden und Wildlederjacken. Kerle mit der Eleganz großer, schwerer Tiere.

Egon gab jedem die Hand und sagte dabei »Egon Wachter«, während sie nur ihre Vornamen nannten: Cor, Piet, Frans – Allerweltsnamen. Sie gaben sich leutselig, aber Egon spürte, daß sie auf Axel gewartet hatten, um mit ihm ein Gespräch zu führen, das nun wegen seiner Anwesenheit aufgeschoben werden mußte.

Es dauerte ein Weile, bis Egon einfiel, woran ihn diese Männer erinnerten. Ein Bild aus fernen Zeiten tauchte auf; die beiden Gestalten im Grim, die immer ruhig am Rand gestanden hatten: Jan S., der Menschenschmuggler, und der andere, Faas. Milieu. Und er sah, wie Axel in dieses Milieu paßte. Er war einer von ihnen geworden – nicht mehr, so wie früher, nur er selbst.

Axel erzählte, daß Egon und er sich in einem Ferienlager in den Ardennen kennengelernt hätten, als sie vierzehn waren.

»Ferien, die hätten wir auch mal gerne«, sagte einer der Männer, und alle lachten.

»Egon ist Geologieprofessor«, sagte Axel.

»Noch nicht«, sagte er. »Ich bin Erdkundelehrer.«

»Jetzt vermassel mir nicht alles«, sagte Axel mit einem Anflug von Verärgerung in der Stimme, und Egon begriff, daß sein idiotischer Beruf nur dazu dienen sollte, diese Männer zu schockieren.

»Ich will mit dir angeben«, sagte Axel. »Mein Freund Egon ist ein gelehrter Mann.«

»Sehr klug kann er nicht sein, wenn er mit dir zu tun hat«, sagte Piet, oder Cor. Gelächter. Es war eigentlich ein Kichern, nur tiefer und schwerer. Ich habe überhaupt nichts mit ihm zu tun, dachte Egon.

»Er hat promoviert«, sagte Axel.

»Was weiß so ein gelehrter Mensch wie du, was wir nicht wissen?« sagte einer der Männer.

»Ich weiß einiges über magmatische Intrusionen bei tektonischen Bewegungen«, sagte er. Er bemerkte, daß es feindselig klang.

»Kann man damit Geld verdienen?« Die Frage war einem der Männer, der tatsächlich erstaunt war, rausgerutscht, wofür er ausgelacht wurde.

»Ich schreibe für Fachzeitschriften«, sagte Egon. »Und ich habe mein Einkommen als Lehrer. Na ja, aber darauf kommt es nicht an ...« Doch auf einmal spürte er, daß jede Erklärung dessen, was ihn trieb, fehl am Platz wäre. »Achtzigtausend«, sagte er.

»Achtzig, nicht schlecht.«

»Doch wohl in der Woche?« sagte ein anderer.

Wieder dieses satte, selbstgefällige Lachen, das bedeutete: Stümper.

Egon blickte in die Runde. Eine Sippschaft, dachte er. Das ist eine Sippschaft. Er fragte sich, was sie miteinander zu tun hatten, was sie besprechen würden, wenn er verschwunden war. Der Gedanke, hier von Axel vorgeführt zu werden, ärgerte ihn, und zugleich auf seinen Schutz vertrauend, sagte er: »Was habt ihr eigentlich miteinander zu tun?«

Daraufhin brach ein brüllendes Gelächter los, das

jedoch ohne jede Fröhlichkeit war. Axel lachte mit, in langen Zügen beim Einatmen, was Egon schon aus der Zeit in La Roche kannte. So lachten Könige über einen Wilden, der etwas getan hatte, wofür ein anderer gehängt wurde.

»Wir trainieren oft zusammen«, sagte einer.

Als das Gelächter verstummt war, zog Axel ihn zu einem Gespräch unter vier Augen beiseite. Es ging ihm nicht schlecht. Nach diesem einen Mal hatte er nie mehr im Gefängnis gesessen, aber es war offensichtlich, daß er nicht gern über sich selbst sprach. Er befragte Egon nach seinem Leben, und Egon erzählte von den geringen Chancen, eine Professur zu bekommen, und von Adrienne. Er entdeckte kein Wiedererkennen beim Nennen dieses Namens und sagte nicht, daß es eines geben könnte.

»Und was ist mit dir, bist du inzwischen mit den Frauen zur Ruhe gekommen?« fragte er, sich selbst hassend für die Verlegenheit, der diese lächerliche Formulierung entsprang.

»Ich komme jeden Tag mit Frauen zur Ruhe«, sagte Axel.

Als Egon sagte, daß er wieder in die Schule zurückmüsse, legte ihm Axel eine Hand auf den Arm und sah ihn mit einem Blick an, von dem er wahrscheinlich dachte, daß er ewige Freundschaft ausdrückte.

»Hey«, sagte er, »solltest du jemals Probleme haben, dann meld dich bei mir. Ich bin immer da für meine Freunde.«

Auf der Straße wurde Egon klar, daß die Typen, mit

denen er Kaffee getrunken hatte, aus der Unterwelt stammen mußten. Dieser Bobby war natürlich ein Leibwächter. Er hatte es schon beim Reinkommen gespürt, aber erst jetzt wagte er, sich dessen bewußt zu sein. Achtzigtausend pro Woche, vermutlich war das nicht bloß so dahergesagt, sondern sie verdienten solche Summen wirklich. Vier Millionen im Jahr, möglich war es. Er hatte mit Millionären an einem Tisch gesessen. Und wahrscheinlich trugen sie alle eine Pistole, einschließlich Axel. Egon bedrückte die Vorstellung, daß Menschen so auftraten, mit Pistolen und Leibwächtern, mit Millionen und ihrem Spott für einen Spießbürger wie ihn. Aber zugleich mußte man Respekt haben vor der Schlauheit und der Energie, die nötig waren, um die Gesetze dieser Welt zu kennen und sich in ihr zu behaupten. Das hatte Axel ihm zeigen wollen, diese Typen mußten eben solange warten – und erst jetzt wurde Egon bewußt, was die Tasse Kaffee wirklich bedeutete: Axel konnte sie warten lassen. Er hatte ihm nicht nur seine Welt zeigen wollen, sondern auch, daß er dort zu denen gehörte, die das Sagen hatten.

Drei Tage später berichteten alle Zeitungen auf der Titelseite von einer Schießerei in einem Bootsschuppen in Loosdrecht, bei der es einen Toten und zwei Schwerverletzte gegeben hatte. Einer der Verletzten, der »ehemalige Korpsstudent Axel v. d. G. (34)«, sollte die tödlichen Schüsse abgegeben haben. Der andere Verletzte hieß Albert S., der Tote Pietje de Neve.

Wahrscheinlich ging es um einen Machtkampf zwischen Drogenhändlern.

Er hatte also wirklich eine Pistole bei sich gehabt, dachte Egon. Ein Junge, den man losgeschickt hatte, um mit einem Körbchen Blaubeeren zu pflücken. Er fragte sich, ob das Treffen in der Kneipe etwas damit zu tun hatte und ob Albert und Pietje zu denen gehört hatten, denen er dort begegnet war. Vielleicht war er der letzte gewesen, der Pietje zum Lachen gebracht hatte.

Axel selbst war auch lebensgefährlich verletzt. Egon hoffte regelrecht, er würde sterben, und sei es auch nur wegen der Geschmacklosigkeit, von Kugeln getroffen worden zu sein.

Die Zeitungen waren voller Berichte über den ehemaligen Burschenschaftler und Sohn eines Krankenhausdirektors aus Hilversum, der nun eine Schlüsselfigur in der Drogenwelt sei, in einem Rolls-Royce fuhr, Millionen besaß. Axel war in einen Hinterhalt gelockt worden. Das hatte er gewußt und war trotzdem hingegangen. Ohne Leibwächter. Alles oder nichts, tot oder zu Tode gefürchtet. Es war mutig gewesen, doch dieser Mut erweckte in Egon Abscheu – genauso wie damals, dachte er, als er Axel zum erstenmal gesehen hatte. Es war erbärmlich, Bewunderung zu erzwingen, indem man sein Leben aufs Spiel setzte, ob man nun in ein Baugerüst kletterte oder in einen Schuppen ging, wo einen Männer mit Revolvern erwarteten. Axels Mut war Dummheit, ein Mangel an Selbstachtung. Er war zur Karikatur geworden mit seinen Cors und Pietjes, seinem Bobby, den tollen Weibern, seinem Rolls-Royce, den Kugeln in seinem Leib, seinem Todeskampf in einem streng bewachten Krankenhaus.

Zwanzig Jahre lang hatte Egon zu ihm aufgeblickt – nun wußte er, daß es ein Irrtum gewesen war. Er war der Gewinner. Axel hatte recht, das Gesetz war Fassade, eine Erfindung ohne Wurzeln in der Wirklichkeit, aber die wahre Stärke bewies man gerade dadurch, sie einzuhalten und innerhalb dieser Grenzen etwas, das Wert besaß, zu schaffen. Während Axel mit seinen Drogen die Pest verbreitete, einen Mann getötet hatte, rastlos eine Möse nach der anderen stopfte, hatte Egon dem Wissen über die Welt etwas hinzugefügt – etwas Kleines, aber Wertvolles –, hatten Adrienne und er Aussicht auf ein Haus in Frankreich, dachten sie allmählich darüber nach, ein Kind zu bekommen. Was sie beim Lagerfeuer in La Roche gesagt hatten, war eingetreten: Er war Geologe, und Axel war gescheitert. Er würde sterben oder für Jahre in den Knast wandern.

Axel überlebte, und ein knappes halbes Jahr später, weil er sich zuerst von seinen Verletzungen erholen mußte, war die Gerichtsverhandlung. Egon ging hin und sah zahlreiche bekannte Gesichter auf den Publikumsrängen: den Riesen Bobby, zwei, drei andere Männer, denen er in der Kneipe begegnet war, den alten Grimbären René, und auf der Bank für die Presse Michiel Polak, den Journalisten, mit dem er im Grim manchmal geredet und der damals den Bericht über Menschenschmuggel geschrieben hatte.

Als Axel hereingeführt wurde, bemerkte Egon, daß er hinkte. Eine Frau in der vorderen Sitzreihe stand plötzlich auf, und Axel und sie nahmen sich kurz in die Arme. Die Wächter schienen es zu erlauben. Axel sah sich suchend nach Bekannten im Publikum um und nickte ein paarmal freundlich und kurz, als er jedoch Egon erblickte, zeigte sich ein überraschtes, glückliches Lächeln auf seinem Gesicht.

Während der Verhandlung merkte Egon an den Reaktionen im Saal, daß Axels Anhänger und die des erschossenen Pietje zwei Blöcke bildeten, beiderseits des Gangs, und daß er, ohne es zu wissen, auf Axels Seite Platz genommen hatte. Aber vor allem spürte er die Bande zwischen den beiden Gruppen, die stärker waren als der Mord, der sie im Moment trennte; man war eins gegen die geschniegelten, verkleideten Bürger hinter dem Tisch, deren Regeln gegenüber dem wahren Gesetz, ihrem, genauso lächerlich waren wie eine Wettervorhersage gegenüber dem Wetter. Die Einfältigkeit des Richters, der erstaunt darüber war, daß man zum Sport seine Pistole mitnahm, wurde allenthalben mit einem geringschätzigen Lächeln quittiert.

Ein Zeuge nach dem anderen schwor seelenruhig einen Meineid, worum es auch immer ging: Haschischlieferungen, von denen sie nichts wußten, Schiffe, deren Eigentümer sie nicht waren, Waffen, die aus Versehen in einer Hosentasche gesteckt hatten. Sie waren Kaufmann, Sportstudiobetreiber, Kfz-Mechaniker, Kneipenwirt; keiner von ihnen war Bordellbesitzer, Leibwächter, Drogenschmuggler. Sie waren so hohl, daß es einen verwunderte, warum die Kugeln nicht einfach durch sie hindurchgingen. Albert Spralinks, der verletzte Kumpan von Pietje de Neve, wurde in seinem Kreis »Kämmchen« genannt. Sie hatten alle solche Kosenamen, vielleicht damit sie noch angsteinflößender wirkten, genau so wie die Männer in der Kneipe. Egon fragte sich, wie viele Morde sie wohl gemeinsam verbuchten, einschließlich derer, die sie unter sich selbst begingen. Und inmitten dieser ganzen gewaltgeladenen Verlogenheit schien sich Axel vollkommen heimisch zu fühlen, als würde es nun einmal zu seiner Arbeit gehören, hin und wieder in Sälen wie diesem zu sitzen und dieses Theater über sich ergehen zu lassen.

Das ganze Geschehen wirkte so routiniert, daß Egon erschrak, als der Staatsanwalt neun Jahre forderte.

Neun Jahre!

Axel nickte und wurde abgeführt.

Egon verließ das Gerichtsgebäude in bedrückter Stimmung. Er mußte nachdenken, bevor er den Grund dafür erkannte – es war diese Frau. Er hätte ein nuttiges Weib erwartet, eine, die nur aus Lippenstift und Titten bestand, aber sie war nett und trat dezent auf, kein blutjunges Ding, sondern eine Frau, nach der er sich selbst umgesehen hätte. Sie wußte, in welcher Welt Axel verkehrte, und konnte sich offensichtlich damit arrangieren. Egon hatte eine Expedition nach Surinam und Brasilien abgesagt, weil er Adrienne nicht vier Monate allein lassen wollte – diese Frau würde Jahre warten, bis Axel aus dem Gefängnis kam.

Die Hochschulstelle, auf die Egon so lange gewartet hatte, wurde an einen anderen vergeben. Er war enttäuscht, schrieb aber weiterhin Rezensionen für Fachzeitschriften; gemeinsam mit einem Kollegen verfaßte er einen Leitfaden zur Geologie für Oberstufenschüler; er gab mehr Stunden an seiner Schule, und auch wenn er nun Dinge, die er selbst hatte entdecken wollen, Menschen vermittelte, die dafür keinerlei Interesse aufbrachten, so befriedigte es ihn dennoch, daß seine Schule, seit er dort war, mehr Geologiestudenten hervorbrachte als jemals zuvor.

Eines Tages fragte ihn Adrienne, ob er in die Firma ihres Vaters eintreten wolle, als Koordinator der spanischen Hotels. Er sprach fließend Spanisch, er wußte inzwischen, wie das Hotelgewerbe funktionierte, er würde das Doppelte von dem verdienen, was er jetzt bekam – es könnte ihr Familienbetrieb werden.

Egon hatte diese Frage schon seit Jahren auf sich zukommen sehen und das darauffolgende Gespräch bereits viele Male in Gedanken geführt.

»Liebst du mich?« fragte er.

»Ja.«

»Mich, Egon Wachter?«

»Ja?«

»Dann willst du nicht, daß ich es mache. Denn dann

wäre ich nicht mehr Egon Wachter. Egon Wachter ist Geologe. Ein Mensch, der in seiner Kindheit eine Leidenschaft gefühlt hat, die irgendwann zu ihm gehörte und die man ihm nicht nehmen kann, ohne aus ihm etwas zu machen, was er nicht ist. Ob er ein guter Geologe ist, ob er Erfolg hat, das ist gleichgültig. Das ist es, was er ist. Wer Egon Wachter lieben will, muß das annehmen, auch wenn er nur ein Erdkundelehrer ist, der Noten gibt, die nicht zählen, auch wenn er nur ein einziges Sandkorn zum Wissen über die Erde beigetragen hat.«

»Denk darüber nach«, sagte Adrienne.

Axels Strafe schmolz dahin wie Schnee in der Sonne. Er wurde zu sechs Jahren verurteilt, legte Berufung ein, bei der vier Jahre beantragt wurden, bekam schließlich drei, und einige Monate nach der Urteilsverkündung wurde er wegen guter Führung vorzeitig entlassen. Wenn man die Zeit abzog, die er sowieso im Krankenhaus liegen mußte, hatte ihn das Erschießen des Mannes keine anderthalb Jahre gekostet.

Die Schießerei hatte ihn berühmt gemacht. Nicht nur wegen seines Vorlebens, sondern auch, weil er als Erneuerer in der niederländischen Verbrecherwelt galt; er führte eine Organisation an, die sich über mehr als zehn Länder ausdehnte, in der Hunderte von Millionen zirkulierten und die äußerst gewalttätig auftrat. Michiel Polak schrieb ihm in seiner Zeitung mehrere Liquidationen zu. Axel ließ ein Verfahren gegen ihn einleiten – und verlor.

Auch wenn nur ein Viertel davon stimmte, las Egon mit Abscheu von Machtbeschränkung, Abschreckung, Bußen, abgesägten Beinen und abgehackten Schwänzen – die Welt ungeschriebener Gesetze und ungeschriebener Strafen, die von Filmen abgeschaute Hölle, in der Axel nun ein König war.

Bei aller Grausamkeit schockierte Egon eine Geschichte ganz besonders: die der ersten Liquidierung, die Axel schon vor vielen Jahren angeblich hatte durchführen lassen. Zwei Männer waren in ein vollbesetztes Restaurant hineinspaziert und hatten einen Mann, der dort beim Essen saß, erschossen. Egon konnte sich noch an den Fall erinnern; etwas Derartiges war damals in den Niederlanden neu gewesen, es hatte groß in allen Zeitungen gestanden. Die Täter waren nie gefaßt worden. Er schaute in seinen alten Kalendern nach, wann ihn Axel in Belgien herumgefahren hatte – zwei Wochen nach diesem Mord.

Es war schaurig, unglaublich: Dieser Bursche, der in dem schönen Garten bei Harennes über das Verhältnis von Mann und Frau schwadroniert hatte, dem er erklärt hatte, wie die Sterne explodierten, wenn man die Hand eines Mädchens ergriff – der die Adresse von jemandem rauskriegen wollte, der ihn bei einem Schäferstündchen gestört hatte –, in dem man fast noch den wagemutigen Salzstreuerkletterer vom Davy-Lager erkennen konnte, der hatte schon zu einem Handlanger gesagt: »Mach diesen Soundso für mich kalt.«

Nach dem verlorenen Gerichtsverfahren ließ Axel die Presse gewähren. Er gab sich keine Mühe, unsichtbar zu sein – im Gegenteil, er wurde immer sichtbarer. Er hatte nie Wert auf sein Äußeres gelegt, doch nun schuf er daraus einen eigenen Typ. In einer kindlichen Umkehrung seines Reichtums sah man ihn unrasiert durch die Stadt gehen, in ausgelatschten Turnschuhen und einem verschossenen Regenmantel – ein Königsgewand, mit dem er gerade diesen Reichtum zur Schau stellte und zugleich die Einsamkeit ausstrahlte, die Könige umgibt. Was nicht hieß, daß er nicht von einigen Leibwächtern in teuren Anzügen umringt wurde. Er hinkte nach wie vor, was ihn noch furchteinflößender wirken ließ. Man erschauderte, wenn man diese tödliche Vogelscheuche sah. Jeder kannte ihn – für die breite Öffentlichkeit war er der einzige Mörder, den man persönlich sehen konnte.

Auch Egon sah ihn ein paarmal. Er wünschte sich dann sentimentale Gedanken, wollte an die Unschuld des Jungen von La Roche denken, die dieser verloren hatte. Aber Axel war schon damals ein Arschloch gewesen. Wenn Egon ihn sah, bog er jedesmal schnell in eine Seitenstraße oder betrat ein Geschäft. Doch einmal, als er gerade in einer Croissanterie ein Sandwich kaufte, spürte er eine Hand auf seiner Schulter, und als er sich umdrehte, traf ihn Axels durchdringender Blick.

»Was war in den Salzstreuern?« fragte Axel.

»Nichts«, sagte Egon.

»Nichts.« Axel nickte. »Wir machen es richtig, was,

mein Junge? Nur weiter so.« Und dann ging er wieder, während ihm der ganze Laden nachstarrte, bis er außer Sicht war, und Egon die von Axel ausgelöste Ehrfurcht auf sich selbst gerichtet fühlte.

Von so einem steht eines Tages ein Foto auf der Titelseite, dachte er, mit offenem Mund aus einem Auto hängend, von Kugeln durchsiebt. Aber das geschah nicht. Die Zeitung brachte ein Hochzeitsfoto von Axel, mit jener netten Frau aus dem Gerichtssaal. Sie hieß Iemy. Sie bekamen Kinder, sie wohnten im teuersten Viertel der Stadt, und Axel lief weiterhin in seinen Millionärslumpen herum, ungestört und unbehelligt. Eines Tages explodierte ein Auto, in dem vielleicht er hatte sitzen sollen, der Leibwächter Bobby wurde umgebracht, aber ihm passierte nichts. Er besuchte Galerien, kaufte Bilder, ließ ein Boot an einer großen Regatta teilnehmen. In Ratanakiri wurde ein niederländischer Geschäftsmann namens Herbert Doornenbosch mit ein paar Kilo Heroin im doppelten Boden seines Koffers festgenommen. Man las von der Todesstrafe, die ihm drohte, und daß Axel van de Graaf möglicherweise etwas mit der Sache zu tun hatte.

Und Axel saß auf einer Bank im Park und sah seiner Tochter beim Entenfüttern zu.

Eines Tages kam Adrienne in Egons Arbeitszimmer.

»Ich möchte mit dir reden«, sagte sie und setzte sich auf die alte Couch, die mit Notizen, Büchern und unkorrigierten Klassenarbeiten übersät war. »Was hältst du eigentlich von unserer Beziehung?«

Doornenbosch wurde zum Tode verurteilt, legte Berufung ein und wurde wieder zum Tode verurteilt. Er gab bekannt, kein Gnadengesuch einzureichen.

Egon kaufte ein Apartment in einem Vorort und bewarb sich um eine volle Stelle als Lehrer. Aber Erdkunde gehörte nicht mehr zu den Pflichtfächern, und für die Erdölgesellschaften war er inzwischen zu alt. Der Rektor seiner Schule schlug ihm vor, daß er auch Spanisch unterrichten könnte, die Lehrberechtigung würde kein Problem für ihn sein. Egon lehnte ab, er war Geologe.

In einer Zeitung las er von einer amerikanischen Expedition mit Archäologen, Anthropologen und Biologen zum Roraima-Schild im Nordosten Brasiliens, an der Grenze zu Venezuela und Guyana, eines der unzugänglichsten Gebiete der Welt. Roraima! – fast mit derselben plötzlichen Gewißheit, mit der er gewußt hatte, Geologe werden zu wollen, wußte er nun, daß er an dieser Expedition teilnehmen wollte. Über das Roraima-Schild hatte er in seinem allerersten Geologiebuch gelesen, es war eine der ältesten Formationen der Welt, vielleicht eine Milliarde Jahre alt. Dort könnte es ein Fenster geben wie das in Harennes – es schwindelte ihn bei dem Gedanken, was so ein Fenster offenbaren könnte. Es wäre ein Loch in der Zeit wie alle geologischen Fenster – doch ein Loch in eine Vergangenheit, die schon eine Milliarde Jahre alt war!

In dem Bericht stand nichts über die Teilnahme von Geologen. Sofort schrieb er den Amerikanern und erhielt umgehend eine Antwort; für vierzigtausend Gulden konnte er sich einkaufen.

Egons Bank wollte seinen Kredit nicht erhöhen, und die Zeitschriften, bei denen er anfragte, hatten kein Interesse an Reportagen. Immer wieder hörte er, was Axel in der Croissanterie zu ihm gesagt hatte: »Wir machen es richtig, was?« Gemeint hatte er: Ich mache es richtig, und du bist ein Stümper. Das war seine Rolle in Axels Leben, zu der er schon auf dem Bahnsteig des Hauptbahnhofs bestimmt worden war: Er war der Zeuge von Axels Triumphen, der Prüfstein, daß er recht hatte.

Axel hatte alles gevögelt, was in seine Reichweite kam, und tat es zweifellos noch immer, und er hatte eine Iemy, die mit ihm und ihren Kindern lachend auf dem Foto posierte.

Egon hatte Adrienne vierzehn Jahre gewidmet, Axel ihr eine Minute, und bis zuletzt war dieses eine Mal im Grim für sie etwas Spannendes gewesen, etwas, woran man sich gerne erinnerte. Egon hatte der Wissenschaft gedient, Axel sich selbst. Egon hatte niemals jemandem etwas Böses getan, Axel hatte Jugendgruppenleiter zur Verzweiflung gebracht, Menschen getötet, Junkies geschaffen, Doornenbosch auf die Guillotine geschickt. Er war ein gefeierter Mann, steinreich, während Egon nicht einmal die paar tausend Gulden für die Traumreise seiner Jugend besaß.

Man brauchte nur ein großes Arschloch zu sein, dann lag einem die Welt zu Füßen. Axel hatte recht, die Zivilisation war Fassade, ein Bund der Feiglinge zum Schutz vor den echten Herrschern, denjenigen, die sich nahmen, was sie haben wollten.

Es gab nur ein Gesetz: Axels Gesetz.

Ich gebe es zu, dachte Egon. Ich habe verloren. Er hat gewonnen.

Egon rechnete. Das Heroin, das Doornenbosch bei sich hatte, war etwa fünf Millionen wert – wieviel würde der Kurier bekommen, der diese Menge schmuggelte? Ein Prozent waren bereits fünfzigtausend – soviel mußte es in etwa sein. Und selbst wenn es weniger wäre: Es würde für die Expedition mit den Amerikanern reichen. Er erinnerte sich an Friso und Hildegonde, an das Abenteuer, das ihm Axel seinerzeit angeboten hatte, an sein Bedauern, als er es ausgeschlagen hatte. Dies hier war natürlich etwas anderes, hier erwartete einen die Guillotine, aber das machte gerade den Reiz aus: tot oder Geologe!

Für Doornenbosch wurde das Datum der Hinrichtung festgelegt. Egon fühlte die Angst dieses Mannes, seine Einsamkeit in der Zelle, weit weg von allem, was er kannte und liebte, aber er fühlte auch die Fröhlichkeit, die Doornenbosch erfüllt haben mußte, als er das brave Leben aufgegeben hatte, das Genießen seines Muts, als er, die tödliche Fracht bei sich, durch Ratanak ging, die Kühnheit, dies zu tun – kühn wie Adrienne, die mit Axel mitging.

Man stelle sich vor: in Ratanakiri.

Allein schon das!

3
Oum Phen

Die Entdeckung der Leichen von zwei aus dem Westen stammenden Personen auf einem Parkplatz am Flugplatz von Ratanak, der Hauptstadt Ratanakiris, hatte unter anderem zur Folge, daß sich ein niederländischer Journalist zwei Wochen später am anderen Ende dieser Stadt aufhielt, in dem Viertel Russei Keo, wo in großen Teichen Fische gezüchtet wurden.

Diese Teiche wurden von Dämmen aus brauner Erde durchschnitten, auf denen kleine Palmen wuchsen. Hinter dem idyllischen Grün der Mangobäume auf der anderen Seite der Teiche vermutete man fast Millionärsvillen, aber die Familien in Russei Keo lebten in Pfahlhütten von der Größe einer Strandkabine. Entlang diesen Hütten verliefen Wassergräben, in denen hier und da Bewohner durchwateten, die Hose oder den Sarong hochgerafft, und vor jeder Hütte stand ein großer Tonkrug, in dem das Regenwasser aufgefangen wurde. Die Frage nach fließendem Wasser, Gas, Elektrizität, Glück wäre hier absurd.

Vor Michiel Polak, wie der Journalist hieß, ging George Mijnsherenland, der Erste Sekretär der niederländischen Botschaft in Ratanak, ein kecker Typ, der wie dreiundzwanzig aussah, aber genausogut vierzig sein konnte. Zweifellos schwul, aber ein netter Kerl. Polak lächelte dennoch innerlich über Mijnsherenlands unerschütterliche Munterkeit, den Scheitel in seinen Haaren, die Falte in den langen Hosenbeinen seines makellosen Tropenanzugs.

Es war sieben Uhr morgens.

Der Fischgeruch, der schon nach drei Schritten nicht mehr wegzudenken war, hing wie eine Lufthülle über den Teichen. Hier war alles Fisch. Fische hingen zum Trocknen an Leinen, lagen in Schüsseln, in Bottichen, dichtgedrängt und verschlungen in einer großen Wanne wie ein riesiges Gehirn. In der Ecke eines Teiches glänzte das Silber von einer Million erstickter Fische, und auf den Dämmen saßen Familien, von Fischschleim bedeckt, und säuberten auf Hackklötzen Fische, schnitten die Köpfe ab und nahmen sie aus. Babys hockten auf dem Boden, kleine Kinder spielten, manche hatten nur eine Hose an, andere ein Hemd, die Mädchen trugen bunte Ohrringe und Halsketten. Zwei Jungen schleppten große Plastiktüten voller Blechdosen, Kinder beschossen sich mit Bambusschleudern.

Russei Keo war von einem Leben erfüllt, als gäbe es dort nicht genug Menschen und Fische, die daran teilhaben konnten.

Mitten in einem Teich machte ein Junge, von dem nur der nackte Oberkörper aus dem Wasser ragte, einen Schritt auf der Stelle, langsam und vornübergebeugt, wie jemand, der spielt, daß er sich durch einen Sturm kämpft.

»Er holt Reusen ein«, sagte George. »Damit verdient er drei Cent pro Kilo.«

»Niederländische Cents?«

»Wo denkst du hin. Amerikanische. Glaubst du etwa, die Leute hier lassen sich ausbeuten. Das würde Garnele Zufall nicht gefallen.« Mijnsherenland nannte General Sophal so konsequent Garnele Zufall, daß Polak es nicht mehr als Scherz betrachtete und den gefürchteten Herrscher in Gedanken schon selbst so nannte.

Irgendwo in dieser Gegend, inmitten der Menschen und Fische von Russei Keo, hatte Oum Phen gewohnt, der Junge, der nun im selben Zellenblock wie zuvor Herbert Doornenbosch darauf wartete, enthauptet zu werden – wenn die kommende Nacht zu Ende ging, würde er wegen des Doppelmords auf dem Parkplatz hingerichtet werden.

Sie suchten seine Mutter.

Hin und wieder fragte George, der schon seit zwei Jahren in Ratanak war und gut Ratan sprach, nach dem Weg. Zwischen den harten, unverständlichen Lauten erkannte Polak den Namen Oum Phen, und jedesmal, wenn er fiel, schockierte es ihn, daß man jemandem, der so hieß, den Kopf abhacken würde. Herbert Doornenbosch, das ging noch, das war ein Name, mit dem man gerade noch als Hund sterben konnte, aber Oum Phen ... So hieß eine Puppe, die einem netten Kind gehörte.

Die Fischteichbewohner starrten meist mürrisch und in sich gekehrt vor sich hin, doch wenn George einen von ihnen ansprach, erschien auf seinem Gesicht ein schüchternes Lächeln. Manchmal, wenn Mijnsherenland Oum Phens Namen aussprach, glaubte Polak ein Zeichen des Wiedererkennens oder Erschreckens wahrzunehmen, und ein Junge machte sogar unter dem fröhlichen Gelächter seiner Freunde die Geste des Kehledurchschneidens, aber nichts deutete auf Bedenken gegen sie beide, Ausbeuter und Unterdrücker, die in einem Atemzug mehr verdienten als sie in ihrem ganzen Leben. Und das, obwohl einer von ihnen in dieser Nacht getötet werden sollte, weil er seine Armut angesichts des Reichtums von Menschen wie ihnen nicht mehr hatte ertragen können. Die Familien, die auf den Dämmen an ihren Fisch-Hackklötzen beschäftigt waren, gingen sofort zur Seite, wenn Mijnsherenland und Polak herankamen, und verzichteten auf ein paar mickrige Cents, um sie durchzulassen. Wahrscheinlich kamen sie nicht einmal auf die Idee, Oum Phen könne unschuldig sein. Vielleicht wäre es ihnen auch gleichgültig. Ob man nun an der einen oder anderen Ungerechtigkeit krepierte.

Durch einen Seitengraben näherte sich ein Mann, der in gebeugter Haltung mit den Füßen über den unsichtbaren Boden vorantastete; um seinen Armstumpf war ein dreckiges Tuch gewickelt. »Hat ihm der Doktor gesagt«, sagte George. »Viel durch schmutziges Wasser gehen. Tut dir gut, Väterchen!«

Es war Trockenzeit. In der Regenzeit gab es hier keine Dämme und Teiche mehr, sondern nur noch einen großen Teich, aus dem allein die Pfahlhütten herausragten. George lachte über Polaks Vermutung, daß sich die Leute dann mit Booten fortbewegen würden. Nur ein paar Reiche besaßen Boote, die anderen wateten wie jetzt durch das Wasser, das lediglich höher reichte. Und die Pizzakuriere mußten schwimmen.

Sie kamen zu einer kleinen Hütte, die sich schief an eine größere lehnte. In einem Kübel voller Schleim, in dem noch ein paar Fischköpfe erkennbar waren, stand ein Mädchen und stampfte mit den Füßen.

»Prahok«, sagte George nickend. »Fischbrei, mhhm.«

In einem Tuch, das in ihrem Nacken zusammengeknotet war, trug das Mädchen ein Baby, ein etwas größeres Kind spielte mit einem Eimer ohne Boden auf der Erde. George sagte etwas zu dem Mädchen, das daraufhin aus dem Kübel stieg und zum Eingang der kleinen Hütte ging. Sie waren an Oum Phens Haus angelangt. Hier hatte er gewohnt, als er vor zwei Wochen festgenommen worden war. George ging in die Knie und schaute hinein. Auch Polak versuchte etwas zu sehen. Im Dunkel der Hütte hockte eine Frau. Er sah einen Schemel, Teller, einen kaputten grünen Badelatschen.

Zwei mal zwei, schätzte er.

Die Frau kam herausgekrochen: Oum Phens Mutter. Sie blinzelte im hellen Licht. Ihr Haar war an den

Seiten schwarz und oben grau. Sie hatte ein schönes Gesicht.

George erzählte ihr, weshalb Polak zu ihr kam, worauf sie nickte.

»Nun, das ist Frau Oum«, sagte George. »Leg los.«

Polak sah in den Augen der Frau nichts anderes als Würde. Doch eigentlich sah er nichts. Die Mutter eines zum Tode Verurteilten in dessen letzten Stunden – in welchem Blick würde man nicht Verbitterung, wütende Trauer, Verzweiflung sehen? Aber sie hatte wie alle anderen hier ihren eigenen unergründlichen ratanakirianischen Blick. Und selbst wenn er eine Emotion wahrzunehmen glaubte, konnten sich ihre Gefühle von den seinen immer noch genauso unterscheiden wie ihre Sprachen. Polak fragte sich, ob sie ihn durchschaute. Er war nicht hier, weil er sich für ihren Sohn oder sie selbst interessierte, sondern weil die Mutter eines zum Tode Verurteilten ein guter Stoff war.

In kurzer Zeit scharte sich ein Publikum um sie, das kichernd, aber doch ehrfürchtig und schweigend zusah, selbst die Kinder. Man trug eine kleine Bank herbei, auf der Mijnsherenland und Polak Platz nehmen sollten. Als Polak seine Tasche auf den Boden stellte, eilte sofort eine Frau zu ihm und legte ein Stück Karton darunter.

»Zu wie vielen Personen wohnen Sie hier?« fragte er.

»Sieben«, übersetzte George.

»Wer ist das?«

»Meine Tochter, ihr Mann, sie haben vier Kinder. Sich selbst nennt sie nicht«, sagte George. »Das ist typisch.«

»Und sie nennt Oum Phen nicht.«

»Stimmt, aber der wohnt auch nicht mehr hier.«

Polak glaubte in den Augen der Frau ein stolzes Aufflackern zu erkennen, als sein Name fiel – der einzige ihrer Familie, dem es gelungen war, der Fischlufthülle zu entsteigen. Und sei es auch, um in die Todeszelle zu kommen. Der dafür gesorgt hatte, daß Leute aus dem Westen nach Russei Keo, zu ihrem Haus gekommen waren.

»Was hat sie gerade gemacht, als wir ankamen?«

»Sie hat ein Armband für das Kind gemacht.«

Seine Fragen und ihre Antworten waren ohne Bedeutung. Er hatte bereits, was er brauchte: die Fischköpfe zwischen den Zehen der Tochter, das Stück Karton, die Falte in Mijnsherenlands Hose.

»Ist Oum Phen ein guter Junge?« fragte er.

»Ja.«

»Wo ist Oum Phens Vater?«

»Tot. Im Krieg.«

»Wie alt ist Oum Phen?«

Die Frau dachte kurz nach. »Er ist zwanzig gewesen«, sagte sie mit zögernder Stimme. »Gute Frage«, sagte George. »Halt das fest, Notier dir, daß sie es nicht genau weiß. Obwohl es in der Zeitung gestanden hat.«

»Wie alt ist sie selbst?«

»Sie ist im Jahr des Affen geboren, bevor die Franzosen abzogen. Das sehen wir zu Hause nach. Du kannst davon ausgehen, daß sie jünger ist als du.«

»Welche Arbeit hatte Oum Phen?«

»Er hat Autos bewacht und Türen geöffnet. Also Bettler. Er ist behindert. Er hat nur ein Bein.«

»Gefiel ihm die Arbeit?«

»Sie versteht deine Frage nicht.«

»Hat er die Arbeit gerne gemacht?«

»Jas.« Die Frau nickte. George sagte: »Ich glaube, sie meint, er war froh, daß er überhaupt Arbeit hatte. Nun ja, Arbeit. Daß er etwas Geld verdiente.«

»Welche Hobbys hatte er?«

»Elektrische Eisenbahnen und Tennis. Stell gefälligst vernünftige Fragen.«

»Hat sie hier schon einmal einen Brief bekommen? Ich meine, ist das ein Ort, wohin manchmal ein Postbote kommt? Fiel mir plötzlich ein. Sorry, aber du bringst mich aus dem Konzept.«

»Sie hat noch nie einen Brief bekommen.«

»Kann sie lesen?«

»Ja. Und dann nie einen Brief bekommen. Bedauernswert, was?«

»Egon Wachter, kennt sie diesen Namen?« George sprach ihn auf unterschiedliche Weise aus, aber Polak sah kein Aufhorchen.

»Weiß sie, daß Oum Phen in den Niederlanden in der Zeitung steht?«

Die Frau nickte. »Die Niederlande sind da, wo die Niederländer herkommen.«

»Hat sie Oum Phen im Gefängnis besucht?«

Die Frau schwieg einen Moment, bevor sie etwas sagte.

»Er wird gut behandelt«, sagte George.

»Aber ist sie dort gewesen? Hat sie das selbst gesehen?«

»Nein.«

»Hat sie von ihm Abschied genommen? Wird sie noch Abschied nehmen?«

»Nein. Kein Geld. Zum Laufen zu weit.«

»Glaubt sie, daß Oum Phen den Mord begangen hat?« Nun sah Polak, daß mit der Frau etwas geschah. Sie war von der Unschuld ihres Sohns überzeugt. Mit weniger Grund als er, aber mit viel mehr Kraft.

Sie sagte nichts. Statt dessen sagte Oum Phens Schwester etwas.

»Die Schwester sagt: Garnele Zufall ist sehr gut für das Land«, sagte George.

»Eine klare Antwort.«

»Ja, sie haben die Hosen voll.«

»Besitzen sie ein Foto von Oum Phen?« fragte Polak.

Zu seinem Erstaunen nickte die Frau. Sie kroch in die Hundehütte und kam mit einem kleinen Rahmen zurück, den sie Mijnsherenland reichte. Es steckte ein Farbfoto darin. Auch George sah Oum Phen zum erstenmal. Das Bild zeigte ihn bis zur Hüfte. Er hatte ein leicht rundes Gesicht, einen dünnen Schnurrbart. Ein kleiner Strohhut, der auf seinem Kopf zu schweben schien. Etwas Verwundertes in seinem Blick. Ein braunes Polohemd mit weißem Kragen.

»Werden sie zum Zeitpunkt seines Todes etwas Besonderes tun?« fragte Polak.

»Nein.« Die Frau schüttelte hastig den Kopf. »Große Angst«, sagte George.

Polak fragte, ob er ein Foto machen dürfe, worauf Oum Phens Mutter mit einer schaurigen Geste an ihren Haaren und ihrem Pullover zupfte. Er knipste einige Bilder und bat dann die Schwester, sich dazuzustellen. Sie sträubte sich, aber die Umstehenden begannen zu lachen und schoben sie nach vorne, als wäre sie verrückt, sich so eine Gelegenheit entgehen zu lassen. Schließlich nahm sie ihre Kinder auf den Arm und stellte sich neben ihre Mutter. Danach bat Polak die Mutter, Oum Phens Porträt zu halten, und machte noch ein paar Bilder und einige Nahaufnahmen von dem Foto.

Es wurde Zeit zu gehen.

Er fragte George, ob er ihr etwas Geld geben könne.

»Ja, sicher. An wieviel hast du gedacht?«

»Keine Ahnung. Hundert Dollar?«

George sah ihn an, als sei er nicht ganz bei Trost.

»Hundert Dollar, weißt du, was das ist? Dafür muß ein Mopedtaxi sechsmal um den Erdball fahren. Sie muß doch nicht mit dem Sohnemann auf den Hackklotz! Gib ihr einen Dollar. Das ist mehr Dollars, als sie jemals auf einmal gesehen hat.«

Polak öffnete sein Portemonnaie, um ihr dann eben seine kleinen Scheine zu geben, und merkte noch gerade rechtzeitig, daß er beinahe einen großen Fehler begangen hätte. Er hatte ihr einen Zwanzigdollarschein geben wollen – einen Schein, der ihrem Sohn zum Verhängnis geworden war. Bevor er etwas anderes herausholen konnte, nahm ihm George das Portemonnaie aus der Hand und gab der Frau einen Dollar.

Oum Phens Mutter und die Schwester falteten die Hände vor der Brust und verbeugten sich. George und Polak taten es ihnen nach. Dann sagte die Mutter noch etwas. »Sie schämt sich für das schwere Leid, das die Niederländer tragen müssen«, sagte George.

Während sie über die Dämme zu der Stelle zurückgingen, wo ihr Fahrer wartete, fragte sich Polak, was für einen Sinn es gehabt hatte, so etwas wie Oum Phen, worin der Spaß bestand, daß er gelebt hatte – ob er mehr gewesen war als eine Folge des Vögelns, ein Fisch zwischen den Fischen.

Während sie mit dem Wagen der Botschaft eingezwängt zwischen Mopedkarren voller fröhlicher, winkender Kinder standen, schnarrte das Funkgerät. George setzte den Kopfhörer auf, führte ein kurzes Gespräch auf Ratan und sah Polak mit einem Blick an, der ihm das Blut in den Adern stocken ließ.

»Er macht es«, sagte George. »Um neun Uhr bei Garnele Zufall zur Stelle melden.«

Am liebsten wäre er sofort zu ihm gegangen, stinkend nach seinen Untertanen, aber Polak hatte sich zuerst am Holiday Inn absetzen lassen und sich erfrischt. Nun saß er neben George auf der Rückbank des Autos, das sie zum Präsidentenpalast brachte. Eine unsinnige Fahrt, vom Hotel aus waren es nur drei Schritte. Aber Tyrannen besuchte man nicht zu Fuß.

Auch wenn Garnele Zufall das erste Staatsoberhaupt war, dem er persönlich begegnen würde, schämte sich Polak für seine trockene Kehle. Mijnsherenland, zu dessen Amt derartige Treffen gehörten und der Garnele Zufall bereits zweimal die Hand geschüttelt hatte, war ebenfalls schweigsam. Schließlich würden sie auch keinem untadeligen Präsidenten oder wohlerzogenen König gegenübersitzen, sondern einem Massenmörder. Es würde kein Benehmen möglich sein, das nicht unwürdig war.

Vom ersten Wachtposten bis zum letzten Sekretär schien es nur eine Weisung zu geben: Behandelt die Niederländer wie vornehme Gäste. Sie mußten keine Papiere vorzeigen, wurden nicht durchsucht, man wußte, wer sie waren. Fünf Minuten nachdem sie sich angemeldet hatten, saßen sie auf Gartenstühlen in einer Art Gewächshaus, einem vollklimatisierten, durch Glas vom Himmel getrennten Garten mit plätschernden Brunnen, einem Flüßchen voller dicker Goldfische, Statuen von Göttern und ehemaligen Herrschern und einer Büste von Garnele Zufall in seiner Lieblingspose: hinaufblickend in die Große Zukunft seines Landes. In zwei Ständern waren Flaggen aufgespannt: eine in den Farben Ratanakiris, rot-weiß-grün, die andere, rot auf weiß, mit dem Nationalsymbol, den Tempeln von Ta Prohm. Eine Eidechse flitzte davon. Dann kam ein Männlein in einer schlichten graublauen Jacke herein, scheinbar wie zufällig, so daß Polak schon in seinem Bericht stehen sah, wie sich ein Sekretär oder Gärtner trotz allem in einem Palast wie diesem völlig unbefangen bewegen konnte. Mit seiner kleinen Gestalt, dem faltigen kahlen Kopf und den großen Augen erinnerte ihn dieses Männlein an eine Garnele – was Polak den Atem stocken ließ. Das war der *Arbeiter Nummer eins,* der Präsident von Ratanakiri, Herrscher über Leben und Tod: General Sophal Eng Neang.

Sie standen auf und verbeugten sich, die Hände vor der Brust gefaltet, wie bei Oum Phens Mutter. George sagte etwas auf Ratan, wobei Polak seinen Namen erkannte, und der General nahm Polaks Hand und schüttelte sie. Er hatte eine weiche, aber doch zupakkende Hand. Dann holte er eine Schachtel Lucky Strikes aus seiner Tasche, reichte sie ihnen und steckte sich selbst eine an. Er setzte sich und bedeutete ihnen, ebenfalls Platz zu nehmen.

Polak rauchte nicht – aber einen Moment lang hatte er gedacht, daß er jetzt nicht ablehnen könne. Der kalte Schweiß brach ihm aus.

Garnele Zufall gab mit einer Geste zu verstehen, daß Mijnsherenland nicht Ratan sprechen müsse, man würde in Französisch miteinander reden. Auch das war ein Zeichen des Wohlwollens, schließlich hätte er einen Dolmetscher herbeirufen können. Daß er Polak überhaupt empfing, war schon eine Geste; er redete selten mit Journalisten. Sein Französisch war schön, wohlbedacht und sicher artikuliert, als würde er seinen Text von Polaks Stirn ablesen. Zwischen den

Sätzen machte er Pausen, die nur dazu bestimmt schienen, einen spüren zu lassen, daß man dann auch zu schweigen hatte. Dieses Männlein strahlte Kraft aus, die Art von Kraft, die man auch bei Axel van de Graaf fühlte. Sophal war ein Mensch, der es wagte, gewaltiges Leid zuzufügen. Die Niedertracht dessen besaß etwas Großes, und mit einem Schaudern merkte Polak, daß er diese Größe bewunderte. Er zweifelte, ob er sich das zu sagen traute, wozu er verpflichtet war, um seinen Besuch zu rechtfertigen: In den Niederlanden glaubt man, Oum Phen sei unschuldig.

Sophal hatte einen langen Weg zurückgelegt. Zwar war er nicht aus dem Fischschleim hervorgegangen wie Oum Phen, aber auch er war als kleiner Junge nackt zwischen dem Dreck von Ratanak herumgelaufen. Nachdem er in der Schule seine Intelligenz bewiesen hatte, war er vom König nach Frankreich geschickt worden. In Paris hatte er Straßenbau studiert, Sartre und Juliette Gréco gehört, Gedichte veröffentlicht, war eingequetscht in der brechend vollen Metro gefahren, und irgendwann mußte ihm die Vision von der Erhebung der Ratanakirianer gekommen sein. Er hatte dem König geholfen, die Franzosen zu vertreiben, einem Rivalen geholfen, den König zu vertreiben, den Rivalen vertrieben und es dann gewagt, jede Menschlichkeit hinter sich zu lassen und alles zu vernichten, was seiner Vision im Weg stand.

Garnele Zufall hoffte, daß Polak eine gute Reise gehabt habe, sein Aufenthalt in Ratanak angenehm sei, der verehrte Botschaftssekretär dem Botschafter seine ergebensten Empfehlungen überbringen möge und er für seinen Gast interessantere Orte finden würde als Teiche, in denen Fische gezüchtet wurden.

Ein Mörder warnt mich, dachte Polak.

Mijnsherenland nickte.

Der General vertraute darauf, daß Polaks Reportage auch das richtige Bild vom modernen, fortschrittlichen Ratanakiri vermitteln würde. Er rühmte die schönen und strebsamen Niederlande, die, auch wenn die Länder eine halbe Erdkugel voneinander entfernt lagen, immer ein wichtiger Freund sein würden. Zwei unselige Vorfälle in jüngster Zeit – und sofort wußte Polak, daß es Sophal gelingen würde, Doornenbosch, Wachter und die Frau nicht zu erwähnen – könnten an dieser Verbundenheit nichts ändern. Ratanakiri habe bewiesen, daß es nicht davor zurückscheue, ausländische Kriminelle, die die Gesundheit seiner Jugend gefährdeten, schwer zu bestrafen, aber daß auch eigene Untertanen, die sich an Gästen vergriffen, mit derselben Strenge rechnen mußten.

Polak fragte sich, ob Garnele Zufall bewußt war, daß seine Macht – genauso wie die Angst von Oum Phens Mutter – dazu führte, einfach nicht sagen zu können, worum es ging. Um sich nach der Hinrichtung Doornenboschs mit dem Handelspartner Niederlande wieder gut zu stellen, hatte er Egon Wachter, zweifelsohne genauso ein Schmuggler, gleichsam zum Helden der Republik ernannt und bot nun den Niederlanden einen echten lebenden Ratanakirianer zum Opfer an. Ratanakirianer gab es genug. Wer achtete schon auf die Kleinigkeit, daß dieser Junge unschuldig war. Sophal kam es nicht in den Sinn, daß die Niederlande seine Geste noch widerwärtiger finden könnten als das, was er damit gutzumachen glaubte.

Die Polizei, fuhr Garnele Zufall fort, habe hervorragende Ermittlungsarbeit geleistet, der Verbrecher Oum Phen sei schnell gefunden worden, habe gestanden, sei zum Tode verurteilt worden und würde in der kommenden Nacht seine Strafe bekommen. »Und Sie«, sagte er, »werden seiner Hinrichtung beiwohnen.«

Polak fühlte sich, als würde er selbst zum Tode verurteilt. Er sah, wie George in seinem Stuhl zurückschreckte. Und zugleich dachte er: eine einmalige Gelegenheit.

Sophal hatte dieser Mitteilung eine seiner Pausen folgen lassen; diesmal eine Pause, die Polak dazu zwang, etwas zu sagen.

»Ich habe Egon Wachter gekannt«, sagte er.

Sophal sah ihn irritiert an – vielleicht kannte er den Namen nicht einmal.

»Sie werden sehen, wie sein Mörder büßt«, sagte Sophal. »Sie werden Ihren Landsleuten erzählen, wie er stirbt.«

»In den Niederlanden bestehen Zweifel an der Schuld Oum Phens«, sagte Polak. Die Worte waren aus seinem Mund, es war, als blickte er ihnen nach, auf dem Weg zu ihrer Bedeutung. Aus den Augenwinkeln sah er Georges erschrockene Miene. »Die Niederlande sind gegen die Todesstrafe«, fügte er hinzu und bereute sogleich die Feigheit dieser abschwächenden Bemerkung. Nun, wo er es verdorben hatte, erkannte er, wie schön und klar sein kleiner Satz in dem kurzen Moment gewesen war, als er allein im Raum gehangen hatte.

In Garnele Zufalls Gesicht war etwas, das Polak sich bei einem Menschen wie ihm niemals vorgestellt hätte: Enttäuschung. Er hatte dem niederländischen Volk ein Geschenk dargebracht, und Polak hatte gesagt, daß es nicht schön sei, daß er mit einem besseren Mörder hätte ankommen müssen, mit einem, der schuldig sei.

»Der Verbrecher Oum Phen ist von einem sehr guten Anwalt vertreten worden«, sagte Sophal, »und der Richter, der ihn verurteilt hat, war an der Sorbonne.«

Polak traute seinen Ohren nicht. Die Sorbonne! War Sophal denn nicht klar, daß ein französisches Staatsoberhaupt nicht mit der Sorbonne angeben würde und die Tatsache, daß er es tat, bedeutete, daß aus seiner Vision nichts geworden war – daß er jeden einzelnen für nichts hatte ermorden lassen?

Polak nickte. Natürlich, die Sorbonne. Dann war ja alles in Ordnung.

Er konnte zufrieden sein: Er hatte seinen Besuch bei Garnele Zufall gerechtfertigt, was ihm zugleich ein hervorragendes Statement eingebracht hatte. Vielleicht ging es Garnele Zufall noch nicht einmal darum, daß Oum Phen schuldig schien – vielleicht war aus seiner Sicht die Genugtuung gerade größer mit einem zu Unrecht zum Tode Verurteilten, der noch dazu in

Rekordgeschwindigkeit, zwei Wochen nach den Morden, exekutiert wurde. Während Sophals Stimme wie aus der Ferne zu ihm drang und Polak sich fragte, ob er den Mut haben würde, die Geschichte seines Lebens zu erleben, kritzelte er hin und wieder etwas in sein Notizbuch. Er war kurz davor, *Schurke* zu schreiben, aber er traute sich nicht. Er schrieb: *jeunesse, amitié, victoire* – Wörter, die er Sophals Ausführungen entnahm, als seien sie eine Wühlkiste.

Und dann sah er ihn wieder an, einen kleinen Mann von siebzig Jahren, mit einer sanften Stimme und fast weiblichen Bewegungen, zwischen zwei hochgestreckten Fingern eine Lucky Strike, aus der sich der Rauch königlich emporkringelte; sein kleines faltiges Gesicht streng und einsam, für immer der Möglichkeit entrückt, zu dritt in einer Kneipe zu sitzen und sich angesichts der Lächerlichkeit von allem auf die Schulter zu hauen.

Sie saßen schweigend im Botschaftswagen. Polak war erschöpft, als hätte er einen Felsbrocken aufhalten müssen, der ihn zu zerschmettern drohte. Mit einem Schlag hatte Sophal seine Reise nach Ratanakiri, seine ganze Geschichte und seine Erinnerung an Egon Wachter auf die Frage reduziert, ob er der Hinrichtung Oum Phens beiwohnen sollte. Ob er den Mut haben sollte, hinzugehen – oder den Mut, nicht zu gehen. Er versuchte sich vorzustellen, wie es sein würde, aber er sah nur sich selbst und diesen Jungen, wie sie einander anblickten. Dadurch hatte es den Anschein, als würde es endlos dauern, aber es war natürlich vorbei, ehe man überhaupt wußte, wohin man schauen sollte.

»Darf man erfahren, woran du denkst?« fragte Mijnsherenland.

»Unglaublich. Sie haben wirklich irgendeinen genommen.«

»Ja, das nennt man Pech. Wirst du hingehen?«

»Ich weiß es nicht.«

»Oum Phen geht auf jeden Fall.«

Polak dachte daran, daß es seine einzige Chance war, ihn lebend zu sehen.

Mijnsherenland hatte es ihm bereits am Abend zuvor gezeigt, als sie vom Flugplatz aus in die Stadt gefahren waren, aber erst jetzt sah Polak das Haus der Freundschaft zwischen Ratanakiri und Vietnam wirklich: ein breiter, abweisender Klotz, ein gutes Symbol für eine Freundschaft des Generals Sophal.

Der Chauffeur fuhr auf den Parkplatz und hielt vor dem Eingang.

Dank einer Brise war die Wärme erträglich. Nachdem sie ausgestiegen waren, streckte sich Polak. Es standen nur wenige Autos dort. Viele Fenster des Gebäudes waren blind, an den Mauern sah man bräunliche Flecken. Zigarettenschachteln und Bonbonpapierchen wirbelten in einer Miniaturwindhose herum, eine Dose rollte scheppernd über den Boden. Der Drahtzaun trug einen bunten Saum aus Papier und anderem Unrat. Dahinter erstreckte sich bis zur Straße ein steiniges Gelände mit einer schiefen Palme in der

Mitte bis zur Straße. Auf der anderen Seite, hinter dem Gebäude, war der Flugplatz. Man sah, daß dort einiger Betrieb herrschte, und hörte die Geräusche.

In diesem Moment kam ein anderes Auto angefahren, das am Zaun hielt. Ein Mädchen in blauem Kleid und weißer Bluse stieg aus und eilte mit einem Stapel Mappen in den Armen zur Eingangstür; zwischendurch lief sie ein paar Schritte, wobei sie mit der Hand die Blätter vorm Wegwehen schützte.

»Elite«, sagte George. »Zweihundert Dollar im Jahr.«

»Beobachtet sie uns?«

George lachte. »Aber nein, das ist sein Job.« Er nickte dem Chauffeur zu, der freundlich zurücknickte.

George ging zu dem Auto des Mädchens und blieb dort stehen. »Etwa hier stand das Auto von deinem Freund«, sagte er. »Und dort das Auto der Frau.« Plötzlich schien er zusammenzuzucken. »Um Himmels willen«, sagte er. »Sieh mal.«

Polak folgte ihm und sah eine blasse bräunliche Linie auf dem Boden. Eine Spur, kaum vom Beton zu unterscheiden, an manchen Stellen unterbrochen, manchmal ein paar dünne Linien nebeneinander, dann wieder eine breite. Substanz, die aus Wachters Körper stammte – oder aus dem der Frau.

Die Spur endete in einem großen dunkleren Fleck, dem wieder eine dünne mäandernde Spur entsprang, die bis zu der Stelle führte, wo ihr Auto gestanden hatte. Man hatte Wachter und sie nebeneinander gefunden, aber sie mußten jeweils an ihrem eigenen Auto angegriffen worden und, tödlich verletzt, noch aufeinander zugekrochen sein. Wo nun der große Fleck war, hatte sie der Wächter, Monsieur Pouc, am nächsten Morgen entdeckt. Mit ihm waren sie hier verabredet.

Während George in das Gebäude ging, lief Polak herum und machte Fotos, auch eins von dem Chauffeur, der lachend auf den großen Fleck zeigte mit einer Geste, als würde er eine Kuh aufschneiden. »Big blood«, sagte er.

Polak betrachtete die Spuren und dachte an die Kinder der Frau. Die Obduktion hatte ergeben, daß sie Kinder geboren hatte und zwischen fünfunddreißig und vierzig gewesen war – also mußten die Kinder noch klein sein. Ihre Identität war noch immer unbekannt. Die Kinder mußten völlig verzweifelt sein, daß sie nicht das wußten, was er wußte. Und er würde eine Menge dafür geben, zu erfahren, wer sie waren.

Ihren Leichnam hatte man vorläufig beim Internationalen Krankenhaus in Ratanak begraben.

Einige Tage lang war sie Rosa Zinger gewesen, eine Niederländerin. Als Rosa Zinger hatte sie das Auto gemietet, im Hotel Concorde gewohnt und hätte sie, wenige Stunden nachdem sie ermordet worden war, den Nachtflug nach Athen nehmen sollen. Aber Rosa Zinger war quicklebendig; eine 42jährige Frau, die als Schreibkraft in Den Haag lebte und der man einige Monate zuvor den Paß gestohlen hatte.

Aus einem Fenster sah ein Mann zu Polak hinunter, wahrscheinlich voller Neid, daß er einfach so herumgehen konnte.

Plötzlich schoß ihm der Gedanke durch den Kopf, daß man den Zynismus Ratanakiris hier schlicht vom Boden ablesen konnte. Er hatte es nicht sofort erkannt wegen der dramatischen Bedeutung der Blutspuren; zwei sterbende Menschen kriechen aufeinander zu. Die Spuren bewiesen einfach, daß es nicht ein einzelner Mann getan haben konnte. Wachter und die Frau waren jeweils an ihrem eigenen Auto angegriffen worden – von zwei verschiedenen Tätern.

Oum Phen war niemals hier gewesen.

Als er in der Zeitung vom Tod seines alten Bekannten Egon Wachter gelesen hatte, hatte Polak die Botschaft in Ratanak angerufen. Er wurde mit George Mijnsherenland verbunden, der ihm erzählte, daß ein Täter bereits gefaßt sei, ein Bettler mit einem Bein, der Wachter von einer Disco aus zu einem Parkplatz verfolgt habe, wo dieser mit einer Frau verabredet gewesen sei. Mijnsherenland war es seltsam vorgekommen, daß ein Behinderter zwei wohlgenährten Menschen aus dem Westen gewachsen sein sollte, wie auch die Tatsache, daß Wachter und die Frau so einen Parkplatz als Treffpunkt gewählt haben sollen. Ein paar Tage später rief er selbst zurück. In der Zeitung hatte ein Bericht über einen Riesencoup der Polizei gestanden; zwei junge Männer waren mit fünf Kilo Heroin verhaftet worden. Er hatte sich sofort gefragt, ob das etwas mit dem Doppelmord zu tun haben könnte – ob es das Heroin war, das Wachter der Frau auf dem Parkplatz geben sollte oder umgekehrt. Die Festgenommenen waren zwei arme Schlucker, die niemals auch nur in die Nähe einer solchen Menge Heroin oder damit verbundener Belohnungen gekommen wären. Die Familie eines der beiden betrieb eine Imbißbude an der Straße zum Flughafen, ganz in der Nähe des Parkplatzes. Als keine weiteren Berichte über den großen Fang folgten, glaubte Mijnsherenland zu verstehen, was da vor sich ging. Man war durch die beiden toten Niederländer in Panik geraten; einen derartigen Fall konnte man sich so kurz nach Doornenbosch nicht erlauben. General Sophal hatte sofort einen Täter gebraucht, und der war dieser Bettler geworden. Das hatte man den Niederlanden bereits mitgeteilt, als man kapierte, aus Versehen die wirklichen Mörder gefaßt zu haben. Die konnte man aber nicht mehr gebrauchen, weil dann auch die Niederländer Drogenschmuggler gewesen wären. Wahrscheinlich hatte man sie einfach verschwinden lassen.

George kam mit einem gebeugten hutzeligen Mann mit einer großen Hornbrille zurück: Monsieur Pouc. Er sprach tatsächlich ein paar Brocken Französisch, allerdings mit so starkem Akzent, daß nun weder George noch Polak etwas verstanden.

Doch Poucs Gebärden erklärten alles. Als er an jenem Morgen zur Arbeit gekommen sei, habe er sofort die beiden Autos gesehen, die nicht auf den Parkplatz gehörten, und sofort gemerkt, daß etwas nicht stimmte. Ein Auto hier, eines dort. Auch wenn es noch dämmrig gewesen sei, habe er das Blut gesehen, diese Spur hier, er sei ihr gefolgt, und dort, bei diesem Auto, habe er die Leichen gefunden. Sein erster Gedanke sei gewesen, daß dort ein großer Sack liege, aber dann habe er Hände gesehen und erkannt, daß es ein Körper war. *Ein* Körper, habe er zuerst noch gedacht, so zerstochen und ineinander verschlungen lagen die beiden Menschen dort, aber dann habe er die Köpfe gesehen, die aufgeschlitzten Bäuche, Blutlachen, zwei furchtbar verstümmelte Kadaver. Seine Rs wurden theatralisch, sein Französisch klang wie eine Parodie von Garnele Zufall, und Polak bemerkte, daß in der Zwischenzeit an den Fenstern des Gebäudes Leute erschienen waren, ihre Gesichter voller Ahs und Ohs angesichts der Leichen, die dort gelegen hatten und nun wieder lagen, und des Gemetzels, das sich hier noch einmal abspielte. Monsieur Pouc wurde der Mörder, auch Polak sah das Messer in seiner Hand, Pouc sprang herum, stieß, schrie, wimmerte, wurde auch die Opfer, er röchelte, das Blut spritzte herum, und George wich zurück, als hätte er Angst, von den Spritzern getroffen zu werden. Und als schließlich die Opfer zu seinen Füßen lagen, breitete sich auf Monsieur Poucs Gesicht ein breites Lächeln aus, kindlich und unbefangen, und an allen Fenstern des Gebäudes schien ein gewaltiger Jubelschrei zu ertönen.

Im Polizeipräsidium, einem alten französischen Kolonialbau an einer breiten, von Palmen gesäumten Straße, erwartete sie eine unangenehme Überraschung. Nicht der Inspektor, der die Ermittlungen geleitet und mit dem George ein Treffen vereinbart hatte, empfing sie, sondern ein General namens Chhouk Rin, der

Staatssekretär der Polizei; ein junger Mann, dessen verspiegelte Sonnenbrille nicht seine Angst verbergen konnte, womöglich etwas Falsches zu sagen. Über seinem Kopf hing ein Porträt von Garnele Zufall.

Gelassen hörte Polak Chhouk Rins in passablem Englisch vorgetragener Geschichte von den raschen und effizienten Ermittlungen im Fall des Doppelmords zu. Sechs Uhr: Monsieur Pouc findet die Leichen. Zehn nach sechs: Polizei am Tatort, Feststellung der Tatbestände. Ergebnis: Mann, Frau, Raub; keine Papiere, Geld, Schmuck bei den Opfern gefunden. Dennoch, Viertel nach sechs: über Autovermietung Identität festgestellt; Wachter, Egon, niederländische Staatsangehörigkeit, dreiundvierzig Jahre; Zinger, Rosa, ebenfalls niederländische Staatsangehörigkeit, zweiundvierzig Jahre.

In Gedanken fügte Polak hinzu: sechzehn nach sechs: Garnele Zufall aus dem Bett geklingelt. Panik, schon wieder ein toter Niederländer, diesmal sogar zwei, wahrscheinlich Drogenkuriere. Was tun? Raubmord daraus machen, Täter festnehmen, Kopf ab, hatte Sophal gesagt und war wieder schlafen gegangen.

Polak sah Oum Phen mit seinem Schnurrbärtchen und dem kleinen Hut vor sich. Was machte er wohl jetzt? Würde man ihm sagen, daß Zuschauer kämen? Würde ihn die Anwesenheit dieses Weißen erschrekken? Vielleicht würde er denken: ein Bruder, und seine Angst für einen Moment vergessen.

Aber Polak durfte nicht abschweifen, er mußte den Zynismus gut wiedergeben können. Wachter hatte, wie sofort festgestellt worden war, im Holiday Inn gewohnt. Allein. Dann mußte er in der Disco des Concorde gewesen sein, jeder Mann, der allein in Ratanak war, suchte sie auf. Mit seinem Paß, den man in seinem Zimmer gefunden hatte, ging man zum Concorde. Man weckte die Bettler, die dort auf dem Boden schliefen. Sie erkannten Wachter und sagten, Oum Phen habe sich ihm aufgedrängt und sei ihm, als er wegging, auf einem Moped gefolgt, das er einem von ihnen weggenommen habe. Sie kannten Oum Phen als Lügner, Dieb und Messerstecher und erzählten, daß er in Russei Keo wohne. Keine zwei Stunden nach dem Auffinden der Leichen war Oum Phen dort bei seiner Mutter verhaftet worden, mit einem Zwanzigdollarschein in der Tasche. Er hatte sofort gestanden.

Das Ganze war von einer unglaublichen Skrupellosigkeit. Warum sollte Oum Phen zwanzig Dollar bei sich behalten, wenn er den Rest der Beute versteckt hatte? Wo war dieser Rest? Hätte er das Moped einfach so nehmen können – besaßen die anderen Bettler überhaupt ein Moped? Konnte er denn mit seinem Holzbein ein Moped fahren, hätte dieses Moped mit Wachters Auto mithalten können? Warum war er Wachter gefolgt, wenn er annehmen mußte, daß dieser nur in sein Hotel zurückfahren würde? Wie hätte er es mit dem kräftigen Wachter und zudem einer Frau aufnehmen können?

Sie hatten den erstbesten armen Schlucker genommen.

Aber vielleicht mußte man es anders sehen. Vielleicht hatte man Oum Phen die Verwirklichung seiner Träume aus der Hand genommen, und Polak würde morgen früh den Oum Phen sehen, zu dem ihn der große Herrscher seines Landes gemacht hatte: einen ruchlosen Gangster, der eine Beute wittert, auf ein schnelles Motorrad springt, mit wehendem Haar durch die ratanakirianische Nacht braust, problemlos mit seinem Holzbein schaltet, der die beiden Ausbeuter aus dem Westen ausraubt und mit ein paar Messerstichen tötet, genauso unerschrocken, wie er nun sterben würde.

»Hat man die Beute gefunden?« fragte Polak.

»Er weigert sich zu sagen, wo sie ist.«

»Spricht nicht gerade für die hiesigen Foltermethoden«, sagte George an Polak gewandt.

Chhouk Rin lächelte unsicher.

»Warum waren Wachter, Egon und die Frau auf dem Parkplatz?« fragte Polak.

Chhouk Rin machte eine entschuldigende Geste. »Die ratanakirianische Luft ist bekannt dafür, daß sie die Begierde weckt.«

»Wie sind sie sich begegnet? Sie waren nicht zusammen in Ratanakiri.«

»Es gibt ein ratanakirianisches Sprichwort. Wenn ein Mann und eine Frau dazu verdammt sind, einander zu begegnen, lassen sie Tag und Nacht zusammenfallen. Wir wissen es nicht. Wir können nicht alles wissen! Vielleicht haben sie sich bei der Silbernen Pagode gesehen oder am Palast. Da gehen alle Touristen hin. Man hat eine Eintrittskarte in Wachters Besitz gefunden.«

»Und dort haben sie abgemacht, sich auf dem Parkplatz wiederzusehen?«

»Das ist möglich.«

»Warum nicht in ihrem Hotel?«

»Vielleicht wollten sie nicht zusammen gesehen werden. Die Frau war verheiratet. Sie trug einen Ehering. Sie hatte Kinder.«

»Und auf dem Weg zu ihrem Rendezvous ist Wachter kurz ins Concorde gegangen?«

Chhouk Rin hob die Hände. »Vielleicht wollte er etwas trinken. Es gibt keinen Grund zu zweifeln. Auf dem Rücksitz seines Wagens hat man Haare von ihr gefunden.«

»Wissen Sie schon, wer sie ist?«

»Nein. Sie reiste unter falschem Namen. Wahrscheinlich war sie Niederländerin.«

»In den Niederlanden wird keine Frau vermißt, auf die ihre Beschreibung paßt«, sagte Polak. »Warum benutzte sie einen falschen Namen, wenn sie eine gewöhnliche Touristin war?« Ihm war bewußt, was er tat. Wachter und die Frau durften keine Drogenschmuggler sein. Doch der falsche Name machte sie dazu. Und die echten Mörder, die sie dazu gemacht hatten, hatte man verschwinden lassen.

»Vielleicht wollte sie nicht, daß ihr Mann sie finden könnte. Vielleicht war sie auf der Suche nach Liebe.«

Chhouk Rin gab zu, daß sich ihre Spur in Bangkok verlor – sie war über Bangkok gekommen, doch die dortigen Behörden konnten oder wollten nicht sagen, woher sie kam.

»Ich werde Ihnen zeigen, was der Verbrecher Oum Phen mit Ihren Landsleuten getan hat«, sagte er. Er griff einen Packen Fotos auf seinem Schreibtisch und reichte ihn Polak.

Es waren große Schwarzweißfotos, jedes rechts unten mit einem Stempel versehen, in den mit Tinte eine Nummer eingetragen war. Die Abzüge waren weiß umrahmt und trugen einen sanften, schönen Ton: die Arbeit von jemandem, der seinen Beruf liebte.

Anscheinend wollte man sie so spannend wie möglich präsentieren, aber vielleicht lagen sie auch einfach in der Reihenfolge, in der sie geschossen worden waren. Auf dem ersten Foto sah man aus der Ferne nur einen Kleinbus und zwei Pkws am Zaun. Auf dem nächsten Bild erkannte Polak die Blutspuren. Dann wurde zwischen den beiden Autos eine Form sichtbar: die Leichen. Zuerst nicht sehr deutlich, offenbar hatte sich der Fotograf Schritt für Schritt genähert, als hätte er die Intimität der beiden Menschen, die dort tot beieinander lagen, respektieren wollen.

Doch dann sah man sie. Wachter lag auf der linken Seite, den linken Arm ausgestreckt, auf dem der Kopf der Frau ruhte. Sie hatte ihren linken Arm um ihn gelegt, ihre Hand hinter seinem Kopf. Sie berührten sich an der Stirn. Beide hatten die Augen geöffnet. Ihr Blick war ohne Entsetzen.

Polak erkannte Wachter. Obwohl das Gesicht grau vom Tod war, hatte es auch etwas Frisches. Die Frau hatte ein liebes Gesicht, das ihn an Wachters Exfrau erinnerte.

Sie sahen jung aus.

Und dann sah Polak das Foto, von dem er sofort wußte, daß es ihm immer in Erinnerung bleiben würde. Zuerst glaubte er kleine Fische zu sehen. Ja, natürlich, Oum Phen, Fische, dachte er, als er zwischen Wachter und der Frau eine in sich gewundene, glänzende Masse sah. Dann erkannte er, daß es ihre Därme waren. Sie waren aus ihren Bäuchen hervorgetreten und hatten sich so verschlungen, daß man nicht sagen konnte, welche zu wem gehörten.

Der Staatssekretär lächelte verstohlen.

Dann folgten Nahaufnahmen von der Darmmasse, jeder Abzug mit der gleichen Sorgfalt gemacht.

»Ratanakirianische Gründlichkeit«, sagte George, aber seine Stimme klang matt.

Als sie alle Fotos gesehen hatten, unterschrieb Chhouk Rin ein Papier und reichte es Polak. »Die Hinrichtung des Verbrechers Oum Phen wird morgen früh um sechs Uhr im Gefängnis von Tuol Ek stattfinden«, sagte er. »Sie werden um vier Uhr an Ihrem Hotel abgeholt.«

Polak steckte das Blatt ein; seine Eintrittskarte. Dieses Ticket hätte Wachter haben müssen.

Er lag auf dem Bett. Mijnsherenland hatte auch noch zum Concorde und zum Grab der unbekannten Drogenkurierin am Krankenhaus fahren wollen, aber Polak konnte nicht mehr. Er hatte Kopfschmerzen von der Wärme, dem Zeitunterschied, dem Schlafmangel, seiner Feigheit gegenüber Sophal, der untreffbaren

Wahl, die man ihm aufgezwungen hatte, von all den Eingeweiden und abgeschlagenen Köpfen, den *cadavres terriblement mutilés* von Pouc – dieser überkochenden Suppe aus Leben und Tod in Ratanak.

In Menschen gab es Därme, neun Meter, in Millionen Jahren Evolution sorgfältig in ihre Bäuche gestopft, doch wenn man diese Bäuche aufschnitt, traten sie heraus. Es kam ihm vor, als schwebte er über diesem Parkplatz in der Luft, über diesen Fotos, und könnte zoomend ranholen und wegrücken, hochsteigen, kreisen und alles sehen, aber immer wieder hatte er die Därme und die Gesichter vor Augen, die schreckliche Umarmung dieser beiden Menschen. Chhouk Rin konnte soviel lügen, wie er wollte – dies war die Wahrheit. Sie waren Geliebte.

Aber das war unmöglich.

Als normaler Tourist konnte man in Ratanak ausgeraubt und ermordet werden – nicht aber dann, wenn man einen der größten Drogenhändler der Welt persönlich kannte. Nicht zusammen mit einer Person, die unter falschem Namen reiste. Nicht auf so einem Parkplatz. Und doch war es geschehen. Sie waren Geliebte – und zugleich Drogenkuriere.

Er sah Egon Wachter vor sich, wie er ihn ein halbes Leben zuvor gekannt hatte. Polak war seinerzeit Redakteur bei einer großen Wochenzeitschrift gewesen, der jüngste, den es je gegeben hatte. Seine Glanzzeit. Die Redaktion hatte ihre Räume im Zentrum der Stadt, und manchmal, wenn er dort spät am Abend einen Text zu Ende geschrieben hatte und nach Hause ging, kam er in einer kleinen Gracht an einem Haus vorbei, wo der Gehweg immer voller Fahrräder lag und aus einer offenen Tür Musik und Lärm nach draußen drangen. Eines Abends ging er hinein und fand sich mitten in einem Fest wieder, wo getanzt, geknutscht und getrunken wurde und Joints rumgingen. Es war das Haus der Studentenverbindung Grim, aber niemand sprach ihn an, beim ersten Mal nicht und auch nicht danach. Eine Zeitlang ging er regelmäßig dorthin. Die Frauen waren nett, und dort hatten sich drei, vier kurzzeitige Affären ergeben.

Doch alle seine Erinnerungen an den Grim waren überlagert von der an den jungen Axel van de Graaf, den er dort erlebt hatte. Schon damals war Axel ein Mensch gewesen, der sich einem sofort ins Bewußtsein bohrte; ein häßlicher, immer angespannter Typ mit eindringlichem Blick, unsympathisch und unwiderstehlich zugleich. Er lachte oft, ein Lachen, das nicht zum Mitlachen aufforderte, und er hatte enormen Erfolg bei Frauen, aber es bereitete ihm auch ein seltsames Vergnügen, sie in die Arme anderer zu drükken. Und er handelte mit Drogen. Polak hatte einmal einen Brocken Haschisch und ein anderes Mal ein paar LSD-Trips von ihm gekauft; man wußte, daß man bei ihm auch Amphetamine und Heroin bekam. Es war eine erregende Vorstellung, eine Berühmtheit in ihren Anfängen miterlebt zu haben.

Aber Polak hatte sich früher als Axel einen Namen gemacht. Der Grim hatte ihm seine erste Titelstory über eine Organisation von Menschenschmugglern geliefert, die halb in der Unterwelt und halb über den Grim operierte und dafür verantwortlich war, daß mindestens sieben Studenten in osteuropäischen Gefängnissen gelandet waren. Sein Chefredakteur hatte Axels Namen und allzu deutliche Anspielungen auf den Grim aus dem Text gestrichen, was Polak sehr bedauerlich fand, vor allem weil er die Vermutung hegte, daß Axel der eigentliche Drahtzieher sei. Später, als Axels Stern aufgestiegen war, hatte es ihm noch mehr leid getan. Wie oft wäre dieser Bericht zitiert worden.

An Egon Wachter konnte er sich eigentlich nur erinnern, weil er im Grim aus der Reihe fiel. Er war ein stiller Typ, den man oft stundenlang auf einem Fleck stehen sah und der einen mit dem ergreifenden Ernst seiner Gespräche erstaunte. Polaks einzige genaue Erinnerung an ihn war, daß Egon ihm einmal, während man sich durch die Musik kaum verstehen konnte und einem die Frauen stoned in die Arme fielen, erzählte, weshalb er Geologie studierte; er sagte etwas von einer Grotte, die er als Kind besichtigt und die ihn sehr beeindruckt hatte. Man sah ihn nie mit einem Mädchen, und als Polak von ihm in der Zeitung gelesen hatte als ein niederländischer Tourist, der in Ratanak zusammen mit einer Frau auf einem Parkplatz ermordet worden war, war sein erster Gedanke gewesen: gab es also doch noch eine Frau in seinem Leben.

Der Tod dieses Burschen schockierte Polak und faszinierte ihn zugleich, weil er wußte, daß Egon Axel van de Graaf gekannt hatte, wobei in den Berichten keinerlei Rede von Drogen war – und dies um so mehr, als bekannt wurde, daß Rosa Zinger, das weibliche Opfer, eine falsche Identität sei.

Er rief in Ratanak an und betrieb Nachforschungen in Amsterdam. Wachter war Erdkundelehrer gewesen und verheiratet, aber es gab keine Kinder, und seine Frau hatte ihn vor nicht langer Zeit verlassen. Er suchte sie unangemeldet in dem Büro ihres Hotelbetriebs auf; eine überraschend attraktive Frau, die nicht mit ihm sprechen wollte, dann aber auf dem Flur doch zu reden begann und ihn unter zurückgehaltenen Tränen bat, aus Egon keinen Schmuggler zu machen. Sie hatte keine Ahnung, wer die Frau sein könnte, mit der er ums Leben gekommen war. Der Rektor von Egons Schule erzählte, daß er Geld gebraucht habe, um an einer geologischen Expedition teilnehmen zu können. Nicht weit von der Schule befand sich das Apartmenthaus, in dem Egon gelebt hatte. Auf seinem Namensschild in der Eingangshalle stand: E. WACHTER, GEOLOGE. Vom Außengang der dritten Etage aus sah Polak durch die Gardine eine ordentliche Küche und ein ebenso ordentliches Schlafzimmer.

Es stimmte. Frau weg, Geldnot, dritte Etage in einem Vorort – ein auserwähltes neues Opfer für die Doornenboschroute. Polak schrieb einen Artikel über den Mord in Ratanak, in dem er Doornenbosch, den Grim und Axel van de Graaf erwähnte.

Als es am nächsten Morgen bei ihm klingelte und er die Tür öffnete, stand Axel vor ihm. Unrasiert, in einem alten Regenmantel, allein. Zum erstenmal seit den

Grim-Zeiten sah Polak ihn aus dieser Nähe. Sein Leben lang hatte er über ihn geschrieben – nun war es so, als würde seine Phantasie vor seinen Augen Wirklichkeit.

»Polak«, sagte Axel mit heiserer Stimme. »Du Skandalschreiber.«

»Was willst du?«

»Dir angst machen.«

»Oh. Dann komm rein.«

Axel hinkte in Polaks Wohnzimmer und setzte sich an den Eßtisch.

Polak gelang es nicht, mit diesem Mythos an seinem Tisch gelassen zu wirken. Es war seltsam, jemandem gegenüberzusitzen, der sicher daran gedacht hatte, einen zu ermorden. Man spürte seine Macht. Wenn man ihm etwas Kaffee gegen die Jacke schüttete, wurde man innerhalb einer Woche auf offener Straße erschossen.

Aber Axel war anders, als Polak ihn jemals erlebt oder sich vorgestellt hatte. Er war schwerfällig, nicht der stete Herr der Lage, angeschlagen.

»Off the record«, sagte er.

»Okay«, sagte Polak.

»Was hast du jetzt schon wieder geschrieben, Polak. Lernst du es denn nie? *In dem alten Verbindungshaus am Grimburgwal lernte Wachter den späteren international agierenden Drogenhändler Axel van de Graaf kennen.* Wie kommst du auf diesen Schwachsinn.«

»Stimmt das nicht, international?«

»Jetzt werd nicht geistreich. Du schreibst, daß Wachter mich im Grim kennengelernt hat.«

»Ich schreibe, was ich sehe.«

»Du schreibst deine *Interpretation* von dem, was du siehst.«

»Du hättest ihn dorthin gebracht, hat er erzählt. Daran erinnere ich mich.«

»Dann müssen wir uns folglich schon gekannt haben. Also solltest du nicht schreiben, wir hätten uns dort kennengelernt.«

Polak schwieg. Das war nicht der Grund für Axels Kommen. Das waren die Höflichkeitsfloskeln, die Einleitung für das, was er wirklich sagen wollte.

Axel holte aus der Innentasche seiner Jacke einen Umschlag hervor und zog ein Foto heraus. »Dort haben wir uns kennengelernt«, sagte er.

Er reichte Polak das Foto. Es war ein Schnappschuß, die Farben verblaßt, von einer Gruppe Kindern vor einer Burgruine, wo eine Falkenjagd stattfand. Polak erkannte beide sofort, schon allein an ihrer Haltung. Axel stand am Rand, die Arme grotesk zu einem Mädchen hinübergestreckt, auf dessen Arm ein Falke saß und das ein wenig ängstlich wirkte; Egon sah zu, aufrecht mit verschränkten Armen dastehend, so, wie er immer im Grim herumgestanden hatte.

Axel war also ein Kind gewesen, dachte Polak. Das war das Schockierendste an dem Foto. »Darf ich das veröffentlichen?« fragte er. »Du bekommst es unversehrt zurück.«

»Egon war mein ältester Freund«, sagte Axel. »Ich

habe ihn nicht oft gesehen, aber ich liebte ihn sehr. Er mich nicht, aber man kann nicht alles haben. Ich kannte ihn schon, seit ich vierzehn war. Von einem Ferienlager in Belgien, mit Davy Jugendreisen. Davy Jugendsünden. In solchen Ferien entstehen Bande fürs Leben. Ich bin völlig am Boden. Du bist der einzige von den Leuten, mit denen ich noch zu tun habe, der ihn auch kannte.«

»Wir haben nichts miteinander zu tun.«

»Ach nein? Diese Morde, die du mir anhängst, heißt das etwa nicht, daß wir was miteinander zu tun haben?«

»Weißt du, wer die Frau ist?« fragte Polak. Er sah sofort, daß Axel die Frage verärgerte, trotz seiner Trauer. Er verstand; Axel wollte sich als Mensch mit Gefühlen präsentieren, und seine Frage brachte ihn zu dem zurück, was er war: ein Drogenkönig, jemand, der kriminelle Geheimnisse kannte und Stoff für sensationelle Zeitungsberichte lieferte. Doch Polak erkannte auch, daß seine einfache Frage, die naheliegendste, die er stellen konnte, Axel verwirrte – er war gekommen, ohne eine Antwort parat zu haben.

Also wußte er es.

»Was interessiert dich das?«

»Es könnte ihre Familie interessieren.«

»Und was interessiert dich das?«

»Hast du etwas damit zu tun, daß Egon Wachter in Ratanak war?«

»Ja«, sagte Axel. Er schüttelte den Kopf. Er nahm das Foto und betrachtete es. »Ich glaube, ich steige aus. Ich werd dir was sagen. Ich habe ein paar Kugeln im Leib gehabt. Und ich habe zwei Töchter. Weißt du, was das mit dir macht? Man wird weise. Aber das ist ganz anders, als ich immer geglaubt habe. Ich hatte gedacht, daß es eine Art Milde wäre, die Erkenntnis, daß alles nicht so wichtig ist. Aber das stimmt nicht. Weisheit ist die Kunst, aus Versehen die Wahrheit zu sagen. Genauso wie wenn man ein Kind macht. Wieviel Millionen Samen sind das noch? Zehn? Zwanzig? Jeder von ihnen ist anders, und du kannst nicht bestimmen, welcher das Rennen macht. Und was hast du schließlich gemacht: genau so jemanden, den du so sehr liebst, wie du niemanden sonst lieben kannst. Man hat die Wahrheit gesagt, ohne es darauf anzulegen. Ich habe in meinem Leben viele Scherze gemacht, aber erst jetzt mache ich Scherze, die die Wahrheit sind. Aus Versehen. Das ist Weisheit.«

Er weigerte sich zu sagen, was er mit diesen Scherzen eigentlich meinte, erwähnte die Frau nicht mehr und wollte nur noch Erinnerungen an den Grim und das Zeltlager in den Ardennen ausgraben.

Nach einer Stunde bedankte er sich bei Polak für den Kaffee und dafür, ihn damals in dessen Bericht über den Menschenschmuggel nicht genannt zu haben. Langsam und hinkend ging er zur Tür; Polaks Hoffnung, er würde das Foto auf dem Tisch liegenlassen, erfüllte sich nicht.

Auf einem alten Bootssteg am Tonlé Kong war, unter Zeltdächern, ein Restaurant, in dem viele Leute saßen.

Der Steg ragte weit über den dunklen Fluß, und an den Seiten und darunter schaukelten Boote, was den Anschein erweckte, als säße man auf einem Thron.

Sie aßen zu viert: Kees und Dorothee Schilp, das Botschafterehepaar, Mijnsherenland und Polak. Auf Georges Anraten wählten sie als Vorspeise Fischpasta. »Absolut frisch, hat sich noch heute morgen in Russei Keo zwischen den Zehen geschlängelt.«

Polak sollte zum Botschafterpaar Kees und Dorothee sagen, was schwierig war, weil George das nicht tat. Dieser war schweigsam. Er hatte die ganze Arbeit geleistet, und das perfekt, er war der einzige, der Ratanakiri wirklich ein wenig kannte, aber wer davon profitierte, waren die anderen. Polak hatte eine gute Geschichte und Schilp ein Sprachrohr – mit welcher Absicht, war Polak noch nicht ganz klar. Aber er zweifelte nicht daran, daß Mijnsherenland ihm nichts ohne Schilps Erlaubnis gezeigt oder erzählt hatte.

Polak hatte die ganze Zeit das Gefühl, daß noch jemand an ihrem Tisch säße, der gerade nicht da sei, aber jeden Moment zurückkommen könne: Oum Phen. Ein Mensch, dessen Drüsen stetig gesunde Säfte produzierten und in die entsprechenden Körperteile transportierten. Er hatte nur noch wenige Stunden zu leben. Vielleicht schlief er. Vielleicht hatte er einen prophetischen Traum, der ihm etwas nach seinem Tod zeigte, etwas, das gestimmt hätte.

Zur Hauptspeise gehörte eine Schale mit kleinen, im Ganzen gebratenen Vögeln. Dorothee hielt sie am Kopf hoch und biß dann den Rest ab, George und

Schilp, nach einem Moment des Zögerns auch Polak, aßen sie mit allem.

Kees Schilp war ein kleiner, weißhaariger Mann, einer dieser seltenen Sechzigjährigen, in denen man noch ihr Kindergesicht erkennt. Ratanak war sein letzter Posten, und wenn es eines gab, wonach sich seine Frau und er für die Zeit nach der Pensionierung sehnten, dann war es ein Schlittschuhwinter in den Niederlanden; wie sich herausstellte, waren sie viele Touren gefahren, die auch Polak kannte.

Schilp war der Meinung, daß Polak zu der Hinrichtung gehen solle. Die ratanakirianische Flotte würde nicht Kurs auf die Niederlande nehmen, täte er es nicht – und sei es auch nur, weil keines der Schiffe die Grenze der eigenen Zwölfmeilenzone erreichen würde –, aber es wäre schon schwach, wenn er nicht hinginge. Er habe von dem ganzen Zirkus profitiert, der für ihn veranstaltet worden sei, sogar Sophal habe die Peitsche knallen lassen, dann wäre es doch schade, wenn er ihrem großen Finale fernbliebe. Und das sei doch überhaupt das Beste vom Besten: ein unschuldig Verurteilter.

»Ich habe moralische Bedenken«, sagte Polak.

»Du hast was?« sagte Schilp. »Ich habe dich ums Du gebeten, aber nicht darum, schmutzige Worte in den Mund zu nehmen. Bist du nicht Journalist? Ein Journalist darf überall umsonst rein, und vor allem darf er umsonst die Garderobe benutzen, um dort seine moralischen Bedenken abzugeben. Moralische Bedenken, die hat man in seiner Freizeit. Dieser Junge wird dir zuliebe getötet, du vertrittst die Niederlande. Genauso wie ich. Das ist doch toll, nie macht man sich die Hände schmutzig! Ein anderer, der sich so etwas Gräßliches ansieht, macht das zu seinem eigenen Vergnügen, aber du gehst da hin, um zu berichten, daß es gräßlich ist. Ein Journalist muß ein bißchen Gestank aushalten können, ansonsten braucht er nicht viel zu können. Ein Botschafter natürlich auch nicht, aber der muß zumindest noch einen Wiener Walzer tanzen können. Kannst du den?«

Die Doornenbosch-Geschichte hatte sich während seiner Amtszeit ereignet. »Er ist zwar ein Idiot, aber ein tapferer Kerl. Er wollte nicht um Begnadigung bitten, damit er nicht mehr hoffen mußte. So konnte er sich vor Augen führen, was er war. Bilanz ziehen. George hat ihn ein paarmal besucht. Noch zwei Tage vorher.«

»Ja, er war tapfer«, sagte George. »Es ginge um den Schlußpunkt, sagte er. Er meinte damit, daß sie ihm Macht gegeben hatten, daß er nun selbst bestimmen konnte, was sein Leben gewesen war. Er konnte den Schlußpunkt setzen. Das Leben mit einem Strick zuschnüren.«

»Das Zuschnüren hast du erfunden«, sagte Schilp.

»Nein, das hat er gesagt.«

»Schön«, sagte Polak.

»Sartre, glaube ich«, sagte Dorothee.

»Dann kann es sich auch Doornenbosch ausgedacht haben«, sagte Schilp. »Wenn etwas wirklich Wert besitzt, kann auch ein Trottel draufkommen.«

Er hatte Sophal einige Male getroffen und fand ihn faszinierend. »Herrschen ist eine Kunst«, sagte er. »Von all dem, was Menschen können, ist es für diejenigen, die es nicht können, das Erstaunlichste. Wenn man einem Jongleur beim Keulenwerfen zuschaut, kann man sich noch vorstellen, daß man es mit ein wenig Talent und endloser Geduld auch könnte. Einen Schrank bauen. Die Elfstädtetour fahren. Ein Gedicht schreiben. Das können wir allemal.«

»Eine Hinrichtung miterleben«, sagte Polak.

»Eine Hinrichtung miterleben und gleichzeitig Keulen schwingen«, sagte George.

»Aber nicht herrschen«, sagte Schilp. »Töten, das kann ich mir noch vorstellen. Aber nicht die Verachtung, die man braucht, um töten zu lassen.«

»Wußtest du, daß er Gedichte geschrieben hat?« fragte Dorothee Schilp.

»Genau, Do, erzähl von deinem Brief«, sagte Schilp.

In Paris hatte Sophal in einer Studentenzeitschrift Gedichte in französischer Sprache veröffentlicht. Nach seiner Machtübernahme hatte man sie dort als Kuriosum in einem Buch veröffentlicht. In den diplomatischen Kreisen Ratanaks kursierten einige Exemplare, von denen Dorothee eines besaß. In dem Wissen, daß Sophal daraus keinen Hehl machte, hatte sie ihm dies bei einem Empfang erzählt, worauf er freundlich reagierte. Das hatte sie dazu ermuntert, ihm zu einem der Gedichte einen Brief zu schreiben, in dem sie ihn fragte, ob eine darin vorkommende Pagode eine bestimmte in Ratanak sei. Sophal hatte mit einem handgeschriebenen Brief geantwortet; ein auf Vorder- und Rückseite beschriebenes Blatt, auf dem unten *Tournez s.v.p.* stand. Darin bestätigte er, genau an diese Pagode gedacht zu haben, wies sie auf andere in den Gedichten enthaltene Gebäude und Orte in Ratanak hin und merkte einen Rechtschreibfehler in ihrem Brief an.

»Da hat meine Do für einen Moment um ihr Leben gebangt«, sagte Schilp lachend.

»Aber er hat mich verschont«, sagte sie.

»Und das, obwohl dein Verbrechen viel schlimmer war als das des armen Teufels, der morgen früh seinen Kopf verliert«, sagte Schilp. »Der war nur the wrong man in the wrong place with the wrong twenty dollar bill in his pocket. Ach, diese schrecklichen Drogen. Seien wir doch ehrlich, die haben Wachter das Leben gekostet. Und diese Frau. Und den Bettler. Und die beiden Halunken. Und Doornenbosch. Und keinen von ihnen durch das Zeug selbst. Weiß der Himmel, weshalb Drogen verboten sein müssen. Das ist Arbeitsbeschaffung für Kriminelle, dagegen war die Prohibition nichts. He, ich vergesse schon, euch nachzuschenken.«

Nachdem er das getan und eine neue Flasche bestellt hatte, fragte er: »Du kennst diesen van de Graaf, nicht wahr? Was ist das eigentlich für ein Typ?«

»Ich kenne ihn nicht«, sagte Polak. »Ich schreibe über ihn.«

Schilp lächelte und nickte. »Erinnert ihr euch an

General Westmoreland?« fragte er. »Den amerikanischen Oberbefehlshaber in Vietnam?«

Polak erinnerte sich an ihn – und plötzlich auch daran, das erste Mal seit damals, daß er im Grim einmal mit Egon Wachter über ihn gesprochen hatte.

»Wißt ihr noch, was er gesagt hat?« fragte Schilp. »Mitten im Krieg? Daß das Leben in dieser Gegend weniger bedeute als bei uns. Daraufhin stürzte sich die ganze Welt auf ihn. Das war das Schrecklichste, was jemals einer über Südostasien gesagt hat. Wenn es drei Dinge waren, die damals die öffentliche Meinung umschlagen ließen und wodurch Amerika den Krieg letztlich verloren hat, dann war das eines davon. Das nackte Napalmmädchen, die Hinrichtung auf offener Straße und Westmoreland.«

»Und dieser Mönch, der sich selbst verbrannt hat«, sagte Dorothee.

»Gut, vier. Dein Mönch sei dir unbenommen, Schatz. Natürlich hat sich Westmoreland einen dicken Schnitzer geleistet. Man kann so was nicht sagen, wenn man selbst derjenige ist, der diese Menschen über die Klinge springen läßt. Aber wenn man länger hier ist, Michiel ... wenn man sich so umsieht. Die hacken mal eben einem Jungen die Rübe ab, um uns zu ködern. Das machen sie genauso ruck, zuck, wie du so ein Vögelchen verputzt. Und wir helfen noch dabei. Es entspricht nicht dem Zeitgeist, aber vielleicht sollten wir uns mal die Qualität des Lebens näher anschauen, für das wir nach General Sophals Wunsch unsere Millionen ausgeben sollen.«

Um Mitternacht setzte ihn George am Holiday Inn ab und wünschte ihm alle Kraft für den nächsten Tag. In seinem Zimmer nahm sich Polak ein Glas Whisky, ging ans Fenster und sah über den dunklen Fluß. Diese Aussicht hatte auch Wachter, wenn auch nicht genau dieselbe: Trotz aller Bemühungen, auch von seiten Mijnsherenlands, war es nicht gelungen, Wachters Zimmer zu bekommen; er hatte das daneben. In seinem Bericht würde er jedoch Wachters Zimmer haben.

Er wußte immer noch nicht, was er tun sollte. Vielleicht würde er es auch dann noch nicht wissen, wenn sie ihn abholten. Er fürchtete, kotzen zu müssen, wenn er sah, wie Oum Phen getötet wurde – und er fürchtete, es immer zu bereuen, wenn er nicht hinging.

Es war unmöglich, im Zimmer zu bleiben; er mußte sich bewegen. Er ging wieder hinaus, verließ das Hotel, überquerte den Platz, hielt ein Mopedtaxi an und sagte, daß er zum Flughafen wolle.

Er ließ sich am Verkehrskreisel absetzen und ging die Straße wieder zurück. Hier und da saßen noch Menschen um kleine Feuerstellen. Ein paar Mopeds und Kleinbusse fuhren vorbei, auf dem Flugplatz schienen Lichter. Er mußte auf den Weg achten, es gab tiefe Löcher. Blicke trafen ihn. Wenn er nickte, wurde zurückgenickt. Er fühlte sich sicher, aber ihm war klar, daß es keinen Grund gab, warum nicht auch jetzt solche Meuchelmörder dasein könnten wie die beiden, die Egon Wachter und die Frau abgeschlachtet hatten. Irgendwo hier hatten sie sich rumgetrieben, die beiden

Autos zum Parkplatz fahren sehen, ihren Plan geschmiedet.

Selbst auch ermordet werden, das wäre was für seinen Bericht.

Er sah das dunkle Gebäude und schlug den schmalen Weg ein, der dorthin führte.

Der Parkplatz war leer, kein Auto stand dort. Er hörte das Brummen einer Maschine am Flughafen, ein Auto, leise Stimmen in der Ferne. Er blickte über das Gelände mit der schiefen Palme. Dort hatten sich die Mörder rangepirscht.

Er blieb an der Stelle stehen, wo Wachter und die Frau gelegen hatten. Die Blutspuren waren nun nicht zu sehen. Es war erst vor so kurzer Zeit passiert – fast als müßten sie noch hier sein, als könnte er, wenn er sich anstrengte, noch ein letztes Bild von dem auffangen, was an diesem Ort geschehen war.

Die schwarze Leere über dem Parkplatz erschien ihm wie ein hohes schwarzes Dach – als stünde er in einer riesigen Kathedrale. Er spürte, wie sich Egon Wachter und die Frau davon überwältigt gefühlt hatten. Sie waren als Drogenschmuggler hierhergekommen, aber dieser Ort hatte sie zu Menschen gemacht, die zueinander gehörten.

Was bedeutete dagegen das belanglose, alberne Gerede und Gelächter vorhin auf dem Steg! Mijnsherenlands schwimmende Pizzakuriere, sein »Garnele Zufall«, Dorothees Rechtschreibfehler, dieser zweitrangige Botschafter, der auf seinem letzten Posten noch mal seine Abneigung gegen das unbedeutende Land loswerden mußte, mit dem man ihn abgespeist hatte – und der ihn selbst dazu benutzen wollte, dem Diktator zu stecken: Glaub ja nicht, daß du mit deinem Menschenopfer so leicht davonkommst, alter Bursche. Wenn du sie so mir nichts, dir nichts beseitigst, sind sie auch unser Geld nicht wert! Dieses Geschwätz über Westmoreland – der Gedanke war ihm am gleichen Tag selbst gekommen, aber aus dem Mund von Schilp hatte es wieder so geklungen wie vor langer Zeit mit Egon Wachter im Grim: verächtlich.

Egon Wachter, das war eine lautere Gestalt gewesen. Und die Frau auch. Er hatte es auf den Fotos gesehen: Diese toten Gesichter besaßen etwas Vornehmes, an das keiner von ihnen heranreichen konnte.

Davon mußte sein Bericht handeln.

Die Entscheidung war gefallen. Er würde nicht zu der Hinrichtung gehen. Es ging um diese beiden Menschen.

Oum Phen war ein Eindringling.

4
Marcie's Gems

Seine Eltern hatten mit zwanzig geheiratet. »Wir waren zwanzig«, wie oft hatte er sie das nicht sagen hören. Als er noch klein war, klang es lustig, wie ein Dummerjungenstreich, den sie zusammen ausgeheckt hatten, später immer mehr wie: »Wir müssen verrückt gewesen sein.«

Sie besaßen etwas, das nur wenige Eltern hatten: ein Foto ihrer ersten Begegnung. Solange sich Arthur erinnern konnte, hatte eine Vergrößerung des Bildes eingerahmt an der Wand gehangen, in den letzten Jahren im Flur. Man sah einen Festsaal voller Menschen, die tanzten und an Tischen saßen, einen langen Tisch mit Getränken und Häppchen, ein Podest, wo eine Band spielte. Auf dessen Rand, in der rechten unteren Ecke des Fotos, saßen ein paar Jungen und Mädchen und unter ihnen nebeneinander David und Marcie. Vor David stand ein Junge, der sich zu ihm beugte und etwas zu sagen schien. Marcie blickte schweigend in den Saal, das Gesicht halb einem Mädchen zugewandt, das auf der anderen Seite neben ihr saß. Einen Augenblick später, laut der Familienanekdote, die von David immer lachend bestritten wurde, habe er Marcie gebeten, ein Stück zu rücken, weil der andere Junge dazukommen wollte.

Es war also eigentlich kein Foto ihres Kennenlernens, sondern von dem letzten Moment, in dem sie sich noch nicht kannten. Arthur hatte es sich immer wieder angeschaut, die Gesichter von dem Jungen und dem Mädchen, als wären in ihnen noch alle Leben, die sie hätten führen können und von denen einen Augenblick später nur noch eines übrigblieb.

Das nächste Bild, das sie gemeinsam zeigte, war ihr Hochzeitsfoto.

Sie hatten es absichtlich gemacht. Nicht das Heiraten selbst – Jason, sein älterer Bruder, war bereits unterwegs –, sondern daß sie geheiratet hatten, als beide zwanzig waren. David war bis auf sechs Tage ein Jahr älter als Marcie, und einen dieser Tage zwischen ihren Geburtstagen hatten sie gewählt. Sie war gerade nicht mehr neunzehn, er fast einundzwanzig. Als sie ihr Jawort geben sollte, wurde sie ohnmächtig. Aber sie kam schnell wieder zu sich, und alles konnte seinen normalen Gang nehmen. Auf den Hochzeitsfotos sahen sie aus, als hätten sie eine Reise zum Mond gewonnen.

Ein halbes Jahr später kam Jason, wiederum achtzehn Monate später er. Mit einundzwanzig Jahren – so alt, wie er war, als sie verschwand – war Marcie Mutter von zwei Kindern.

Er sah sie das letzte Mal in Osprey, wo er Journalistik und Englisch studierte; eine kleine Universitätsstadt im Westen von Massachusetts, eine Stunde von Waterhead entfernt, dem Ort, in dem er aufgewachsen war und seine Eltern nach wie vor lebten. Es war an einem Sonntag zu Beginn des neuen Semesters gewesen, und der Campus und die Stadt waren voll von Kombis und Pick-ups, mit denen die Erstsemester ihre Sachen brachten, und erfüllt von der Musik und den Hammerschlägen, die aus ihren geöffneten Fenstern drangen.

Marcie hatte am Morgen überraschend angerufen und gesagt, daß sie kommen wolle. Er war fast schon zur Tür hinaus gewesen, um mit ein paar Freunden eine Floßfahrt zu machen, und mußte es nun so einrichten, daß er rechtzeitig zurück war. Sie hatte saubere Wäsche dabei und das alte Fernglas ihres Vaters, das immer auf ihrem Schreibtisch gestanden hatte. Es habe lange genug dort gestanden, meinte sie, er würde es später sowieso bekommen, warum also nicht jetzt. Sie tranken Tee, und als er sagte, sich mehr dem Kochen widmen zu wollen, setzte sie sich an seinen Computer und tippte ein Rezept für Heringssalat ein. Sie gingen spazieren, er zeigte ihr das Redaktionsgebäude des *Osprey Sentinel,* wo er ein Praktikum machte, und auf dem Campus saßen sie eine Weile auf einer der Steinbänke am Springbrunnen und betrachteten die kleinen Regenbogen in den wegstiebenden Tropfen. Sie erzählte von einem Fest, auf dem sie als junges Mädchen gewesen sei und wo ein ätzender Junge immer wieder das Licht ausgemacht habe, bis sie sich selbst unterbrach mit der Frage, warum sie das eigentlich erzähle.

Sie aßen in einem Restaurant im alten Zentrum von Osprey. Er haßte die Frage: »Stimmt etwas nicht?«, doch später verfluchte er sich, daß er sie an diesem Tag nicht gefragt hatte. Etwas stimmte nicht. Sie war abwesend. Sie sprach von Dingen, die nichts mit dem Gespräch zu tun hatten, und fragte Dinge, nach denen sie bereits gefragt hatte. Sie aß fast nichts, und sie spielte ihr Lachen. Sie trank mehr Wein, als er es von ihr gewohnt war, und sie erzählte atemlos eine wirre Geschichte über Tucson, wohin sie in ein paar Tagen zur Mineralienmesse fahren würde. Sie war schon oft dort gewesen, früher, um Steine zu tauschen und kaufen, in den letzten Jahren, um für Marcie's Gems, ihren Steinladen in Waterhead, Geschäfte zu tätigen. Aber nun schien es, als würde sie zum erstenmal dorthin reisen und als hätte sie ein wenig Angst vor dem, was sie dort erwartete.

Manchmal, wenn sie beide schwiegen, bekam sie diesen verlorenen Blick, den er so gut kannte, in dem aber in der letzten Zeit eine Bitternis war, die sie älter machte. Und dann kam plötzlich wieder Leben in sie, und sie begann Erinnerungen hervorzukramen, an die Zeiten, als sie noch kein Geld hatten, daran, wie Jason und er einmal mit Farben herumgeschmiert hatten und ausgerechnet da eine Dame, auch noch Merle Ingraham, die Frau des Richters, vorbeigekommen war, um die Manschettenknöpfe abzuholen, die sie bei ihr in Auftrag gegeben hatte. »Dunkelroter Jaspis aus China. Mein Gott, wie wütend war ich, daß diese Steine nicht mir gehörten. Du hast ihr die Hand gegeben.

Ihre ganze Hand war voller Farbe! Und dann hast du gerufen: Die Hand von der Frau ist schmutzig!«

Dann ahmte sie wie jedesmal Merle Ingrahams Blick nach, und gemeinsam lachten sie darüber. Es war unglaublich, wie ihr Gesicht, gerade noch abwesend und mit starrem Blick, plötzlich aufleuchten konnte, wodurch genau dasselbe Gesicht auf einmal schön und attraktiv war. Sie hatte eine besondere Stimme, jung, fragil wie ein dünner Kupferdraht und mit einem, wenn man es wußte, ganz leichten Akzent. Eine Stimme, wie gemacht dazu, »Oh, wie schön« zu rufen. Vielleicht nicht dazu, Geschäfte in Tucson, Arizona, abzuwickeln.

Wie so oft kam ihm der Gedanke, etwas über den Tag am Lake Munchie zu sagen. Er hatte es nie getan, aus Angst, daß es erst dadurch etwas sein würde, was sie ihm verübeln könnte und wofür er sich schämen müßte. Im nachhinein schien es ihm, als hätte er es doch angesprochen, genau in dem Moment, als sie ihm ein Geheimnis erzählt hatte.

»Soll ich dir etwas sagen, was du nicht weißt?« sagte sie. »Jason ist an dem Abend gezeugt worden, an dem David und ich uns das erste Mal begegnet sind. Der Abend auf dem Foto. Schockiert dich das?«

Bevor er es verhindern konnte, durchfuhr ihn der Gedanke: Du kommst mir zu nah. Wir beide haben nicht diese Art von Beziehung.

»Ziemlich«, sagte er. Er fand es unangenehm, dies zu wissen – als wäre er plötzlich gezwungen, zuzusehen, wie zwei Fremde, der Junge und das Mädchen von dem Foto, miteinander ins Bett gingen. Sein Vater als jemand, der ein Mädchen am ersten Abend ins Bett gekriegt hatte, seine Mutter als ein Mädchen, bei dem das gelungen war – er konnte es sich nicht vorstellen. Er hatte immer geglaubt, daß es ein paar Wochen später passiert und Jason zu früh geboren sei – Naivling, der er war.

»Warst du noch Jungfrau?« fragte er, verärgert darüber, daß sie ihn zu solch einer ungeheuren Frage verleitet hatte.

»Ja.«

»Paßt nicht zu dir.«

»Nein, ich bin eine dumme Kuh, was?«

»Man ist nicht gleich eine dumme Kuh, wenn man sich nicht am ersten Abend entjungfern läßt.«

»Irgendwie bin ich es aber schon. Sicher war ich es damals. So ein Mädchen, das nie etwas Gefährliches oder Verbotenes macht. Sehr brav. Die Erwachsenen sind zufrieden mit dir, du bist ein Musterkind, aber manchmal haßt man sich selbst, weil man weiß, daß es auch Feigheit ist. Überall sieht man Kinder, die nicht artig sind, die Sachen machen, die sich nicht gehören, und die mehr Spaß haben als du selbst. Dann will man das, endlich auch einmal, etwas machen, das verrückt und vielleicht auch gefährlich ist, etwas, das alles verändern kann. Man weiß, daß man es nicht tun darf, man hat Angst davor, aber plötzlich ist es auch das Tollste, was man sich vorstellen kann. Und dann macht man es.« Sie sprach erregt, fast mit der Wut, die sie beschrieb, aber als Arthur sie fragte, ob sie an dem

Abend absichtlich schwanger geworden sei, schien sie zuerst nicht zu verstehen, was er meinte. Sie schrak auf und lachte wieder ihr vertrautes Lachen. »*Jason* wollte, daß ich schwanger werde. Mach das nicht, Artie, so früh Kinder bekommen. Wir mußten auf alles verzichten. Niemals sind wir nur für uns gewesen. Nie hatten wir Zeit für Blödsinn. He, ich mach dir angst, oder? Ich bin immer glücklich mit euch gewesen! Versprichst du mir, daß du das immer wissen wirst?«

Als sie zurückgingen, reichte sie ihm den Arm, und an ihrem Auto drückte sie ihn an sich. Er roch sie und fühlte sie und dachte: meine Mutter. Als er wieder in seinem Zimmer war, betrachtete er im Spiegel ihren Lippenstift auf seiner Wange und kam auf die verrückte Idee, ein Foto davon zu machen.

Als er mit vierzehn Jahren zu Ostern ein schlechtes Zeugnis nach Hause gebracht hatte, verlangte David von ihm, für alle Fächer, in denen er schlechte Noten hatte, in den Ferien den Stoff nachzuholen. Am Ende der Ferien würde er ihn selbst abhören. Er mußte alle Verabredungen mit seinen Freunden absagen, seine Bücher auf den Tisch im Eßzimmer legen und dort jeden Tag von zehn bis vier lernen.

Als er dies ein paar Tage gemacht hatte, krank von dem Anblick des blauen Himmels hinter dem Fenster, den Stimmen von Jason und dessen Freunden, wenn sie morgens weggingen, und wütend auf seinen lächerlich strengen Vater, sagte Marcie beim Frühstück, daß es ein schöner Tag sei, er in den vergangenen Tagen fleißig gearbeitet habe und daß sie nun auch etwas Schönes unternehmen würden.

»Arthur wird heute lernen«, sagte David.

»Dann steht Meinung gegen Meinung«, sagte Marcie. »Arthur soll die entscheidende Stimme abgeben.«

»Das ist keine Abstimmung, das ist ein Beschluß«, sagte David. Aber nachdem er das Haus verlassen hatte, sagte Marcie, er solle seine Bücher zuklappen, weil sie nun auch rausgehen würden. Zuerst wollte er nicht, aus Angst vor den unvermeidlichen Lügen und vor dem, was David tun würde, falls es rauskäme, aber Marcie sah ihn so enttäuscht an, daß er doch mitgegangen war. Und mit geöffnetem Autodach waren sie an Davids Büro vorbei aus Waterhead rausgefahren, hinein in den strahlenden Tag, durch Wälder, über Hügel und durch Städtchen, wo sie noch nie gewesen waren und von denen sie auch, je weiter sie kamen, niemals gehört hatten.

Sie hielten an einem See, der Lake Munchie hieß und auf dem im hellen Licht die ersten Segelboote des Jahres über das Wasser schossen. An einem Jachthafen mieteten sie ein kleines Fischerboot, mit dem sie über den See tuckerten und schaukelten. Sie kamen Segelbooten in die Quere, sogen die Abgase anderer Fischer- und Rennboote ein und tauchten ihre Hände ins kalte Wasser. Dann legten sie an einer unbewohnten Insel mitten im See an, mit einem Strand voller flacher Kieselsteine, die ideal waren, um sie über die Wasseroberfläche hüpfen zu lassen. Er wollte es ihr beibringen, aber sie konnte es bereits. Sie warfen, zählten die Sprünge, und es schien, als würde ihr Lachen und Rufen hinterherspringen. Und plötzlich, zum erstenmal, sah er seine Mutter als etwas, das von ihm losgelöst war, ein Mensch, eine Frau in weißer Jeans und blauem Hemd, die über den Strand kroch, um geeignete Steine zu suchen – jemand, der nicht immer seine Mutter gewesen war und der einen auf die Frage bringen konnte, was sie eigentlich davon hielt, Marcie Nussbaum zu sein, die Frau von David Nussbaum, Makler und Bauunternehmer in Waterhead, Massachusetts, die Mutter zweier Söhne.

Er war zu jener Zeit in Charlotte Rohr verliebt gewesen, ein Mädchen aus seiner Schule, auch wenn er sich später fragte, ob diese Verliebtheit nicht vor allem aus seiner Erinnerung an das Gespräch bestand, das er an diesem Tag mit Marcie über sie geführt hatte. Sie fragte ihn, ob er über Sex das wußte, was er wissen mußte, worauf er sie auslachte – das hatte ihm David schon erzählt, als er elf gewesen war.

»Gut, dann bist du jetzt alt genug, um das echte Geheimnis zu erfahren«, sagte sie. »Sex ist nicht wichtig. Er ist nichts Eigenständiges, er ergibt sich von selbst mit der Liebe, wenn man denn liebt. So ein Tag wie dieser, an den erinnerst du dich später. Na gut, nicht dann, wenn du ihn mit deiner Mutter verbracht hast. Wohl aber, wenn ein Mädchen dabei war. Dagegen kommt Sex nicht an. Das wissen nur sehr wenige Jungen in deinem Alter. Und sei ehrlich zu Charlotte. Laß es sie spüren, wenn du verliebt in sie bist. Und wenn du glaubst, daß sie es auch ist, dann nutze die Chance.

Warte nicht, bis es zu spät ist. Weißt du, was du den Rest der Ferien machen wirst? Du übst jeden Tag von zehn bis vier, dich zu verlieben. Und am Ende schicke ich Charlotte Rohr zu dir, damit sie dich abhört.«

Sie brachten das Boot zurück, aßen etwas und sahen sich in dem Ort um. In einem Sportgeschäft kaufte Marcie einen neuartigen Wurfring, einen flachen Frisbee, der innen offen war. Sie gingen zum See zurück und warfen damit auf einer Wiese am Ufer. Das Ding segelte endlos weit durch die Luft, wurde von dem geringsten Windstoß plötzlich hoch- oder runtergetrieben, verharrte, flog zurück zu dem, der geworfen hatte. Sie warfen, fingen, rannten und lachten, und wenn sich Arthur später an diesen Nachmittag erinnerte, verwunderte es ihn, daß sie nicht noch immer diesen Ring warfen.

Bei einem seiner Würfe blieb der Ring für einen Moment über Marcies Kopf stehen, machte plötzlich einen Schwenk zur Seite und tauchte schräg ins Wasser. Er sank sofort, so weit vom Ufer entfernt, daß sie wußten, ihn verloren zu haben. Eine Zeitlang standen sie nebeneinander, Marcie mit einem Arm um seinen Schultern, und sahen auf die Stelle, wo der Ring verschwunden war. »Der Beweis ist vernichtet«, sagte sie.

Sie fuhren nach Waterhead zurück, zuerst redend und singend, erleichtert, daß ihre Fröhlichkeit den Verlust des Rings verkraften konnte, aber später, wieder in der Welt, die sie kannten, schweigend, in Gedanken schon bei David.

Als sie nach Hause kamen, war er bereits da.

»Wo seid ihr gewesen?« fragte er.

Und bevor Marcie etwas sagen konnte, sagte Arthur: »Ich wollte nicht. *Sie* wollte raus.«

Es verging kein Tag, an dem ihn nicht ein Bonbonpapier, ein Herbstblatt, ein Rostfleck in die Zeit zurückversetzte, als er noch sehr klein war, weil er ihre Farben schon in der Steinesammlung seiner Mutter gesehen hatte, bevor sie überhaupt Namen hatten. Es war ein Hobby, das sie bereits als Kind entdeckt und später mit einer Besessenheit weiterbetrieben hatte, als sei es ihr altes Leben selbst. In dem Haus in Waterhead hatte sie einen Teil des Dachbodens als Steinzimmer eingerichtet. Dort waren ihre Bücher, ihr Mikroskop und ein Schrank mit Glastüren und breiten flachen Schubladen, in denen sie ihre Steine in offenen Schachteln aufbewahrte. Diese machte sie selbst aus rosafarbenem und hellgelbem Papier, das sie für jeden Stein auf Maß zurechtschnitt, faltete und zusammenklebte.

Auf dem Tisch lagen oft ihre neuesten Erwerbungen, neben ihrem ersten Stein, der dort einen festen Platz hatte, der allererste Stein ihrer Sammlung; ein schwarzer rauher Brocken mit einer Art grünem leuchtendem Zuckerstück darin: Olivinbasalt.

Sie besaß Steine aus der ganzen Welt und aus allen Zeiten, manche waren Milliarden Jahre alt. Sie hatte ihn einmal zwei Steine halten lassen, in einer Hand, und gefragt, was er fühle. Er hatte nichts Besonderes gefühlt, erinnerte sich jedoch daran, wie aufgeregt sie wegen der Steine war, zwischen denen drei Milliarden

Jahre lagen, fast das ganze Alter der Erde. »Als hielte man die Ewigkeit in der Hand! In einer Hand! Fühlst du das nicht? Halte sie noch mal!«

Jason und er hatten hin und wieder beim Ausschneiden und Kleben der Schachteln geholfen und sie ein paarmal zu den verlassenen Steinbrüchen und Klippen begleitet, wo sie Steine suchte, aber es interessierte sie nicht wirklich, und mit der Zeit war der Sonntag zu einem Tag geworden, an dem man sich morgens von Marcie verabschiedete, angeln, segeln oder schwimmen ging und sie erst am Abend wiedersah, dreckig und müde, aber mit einem Rucksack voller Steine, mit dem sie sich am liebsten so schnell wie möglich auf den Dachboden zurückzog.

Sie kaufte und tauschte Steine auf Messen und per Versand, aber am liebsten ging sie selbst auf Suche, manchmal allein, manchmal mit einem Mineralogenclub aus Osprey. Später, als Arthur zur High School ging und mehr Zeit und Geld zur Verfügung standen, waren das richtige Expeditionen; sie nahm an Touren nach Wyoming und Arizona teil und reiste einige Male auf den südamerikanischen Kontinent, nach Kolumbien und Brasilien. In der Garage rumpelte und brummte meistens ihre Zeitmaschine, wie Marcie sie nannte; die Trommelschleifmaschine, in die sie rohe Steine warf und die dann in wenigen Wochen das tat, wofür ein Fluß eine Million Jahre brauchte; glatt und farbig wie Edelsteine kamen sie wieder heraus.

Wenn Marcie mit ihren Steinen beschäftigt war, vergaß sie die Zeit, und dann sagte David, mit einem

Blick auf die Treppe zum Dachboden: »Man muß schon ein verdammtes Fossil sein, um von deiner Mutter beachtet zu werden.« Oder er summte »Heart of Stone« von den Rolling Stones oder fragte, ob es auch Steine gebe, die einen von der Steinliebe heilen könnten. »Solche suche ich«, sagte sie dann, »aber ich finde nur Steine, die das Gegenteil bewirken.« Von übernatürlichen Kräften der Steine wollte sie nichts wissen. Ebensowenig von dem Wort Hobby. »Es gibt nur ein Hobby: Briefmarken sammeln. Und das mache ich nicht.«

Ungeachtet Davids Unverständnis hatte Marcie immer an ihrem Traum festgehalten: ein eigener Steinladen. So etwas sei in Waterhead unmöglich, meinte David, der einzige, der dort etwas kaufen würde, wäre sie selbst, doch im Laufe der Jahre schrumpfte sein Widerstand auf den Satz: »Wenn die Jungs aus dem Haus sind.« Und als Arthur zum College ging und Marcies Vater und Mutter kurz hintereinander starben, eröffnete sie mit Hilfe des geerbten Geldes auf dem schönsten Abschnitt der Bertrand Street ihren Laden: Marcie's Gems.

Bei der Eröffnung war Marcie's Gems ein Meer aus Blumen; Ansprachen wurden gehalten, und Glückwunschtelegramme trafen ein. David lächelte stolz in die Runde, doch Arthur hatte gespürt, was dieses Lächeln bedeutete: Alle wichtigen Männer in Waterhead hatten eine Frau, die Vorlesungen besuchte oder sich künstlerisch betätigte, aber das Hobby seiner Frau war ein Geschäft wert.

Wie jeder prophezeit oder gefürchtet oder gehofft hatte: Der Laden lief nicht. Schon nach wenigen Wochen traute sich Arthur bei seinen Besuchen in Waterhead kaum noch, in die Bertrand Street zu gehen, weil er fürchtete, niemand würde im Laden sein. Und wenn Leute da waren, waren es immer dieselben: andere Steinesammler wie der alte Mr. Hammermacher, pensionierte Männer, die sich über ihr Hobby austauschten, während Marcie für sie Kaffee kochte und manchmal auch Schnittchen machte. Sie kauften nie etwas – die einzigen zahlenden Kunden waren fast ausnahmslos Kinder, die ganze Nachmittage in den Schalen mit geschliffenen Steinchen wühlten, bis sie ein Säckchen voll hatten, für das Marcie einen halben Dollar verlangte. Wenn sie es wollten, klebte sie, ohne etwas dafür zu nehmen, Metallkäppchen daran, so daß man sie als Anhänger tragen konnte. Die großen Bergkristalle, die prähistorischen Fossilien, die sie für Tausende Dollars eingekauft hatte, blieben stehen.

Arthur hatte durchaus verstanden, daß Marcie's Gems nicht nur ein Geschäft sein sollte, sondern auch eine Werkstatt für den Schmuck, den sie anfertigte, ein Versandhaus und Treffpunkt für Steineliebhaber und Mineralogen aus der weiteren Umgebung – aber es hätte einmal ein richtiger Kunde dasein können.

Einmal, als er dort war und sie die Tür aufgehen hörten, hatte Marcie ihre Freude nicht verbergen können, genausowenig wie ihre Enttäuschung, als es Jason war – eine Enttäuschung, die sie folglich auch dann empfand, wenn *er* kam.

David erzählte, daß er in New York in einem Steinladen gewesen sei, in dem auch Tierskelette und Riesenmuscheln verkauft wurden, Steine gegen Rheuma und Kopfschmerzen, Sternzeichensteine, Steine, die bewirkten, daß sich jemand in einen verliebte. In den wenigen Minuten, die er dort verbracht hatte, waren vier oder fünf Kunden gekommen und dreißig, vierzig Dollar in die Kasse geflossen. Das entsprach dem Zeitgeschmack, die Leute wollten solche Dinge. Warum sollte nicht auch sie versuchen, Kunden mit heilenden Steinen anzulocken?

»Wenn ich in meinem Laden einen Stein finde, der zugleich Aids und Krebs heilt, werfe ich ihn ins Wasser«, sagte Marcie.

Arthur ging davon aus, daß sie wußte, was sie tat, denn Marcie's Gems überlebte das erste Jahr und auch das zweite. Vielleicht hatte sie mehr geerbt, als er dachte, oder verkaufte viel über den Versandhandel, aber er fragte nicht nach. Eines Abends, während sie zu viert beim Essen saßen, flammte zwischen David und Marcie eine Diskussion auf, die sie offenbar schon zuvor geführt hatten und bei der sich herausstellte, daß es um den Laden viel schlechter stand, als er geglaubt hatte. Das Erbe war allein für den Umbau und die Einrichtung draufgegangen; die jährlichen Einkünfte aus Marcie's Gems reichten nicht einmal für eine Monatsmiete. Die hatte David in den beiden ersten Jahren übernommen: zweitausend Dollar im Monat. Vierundzwanzigtausend im Jahr. Insgesamt achtundvierzigtausend Dollar. Arthur erschreckten diese

Summen. Und nun hatte ein Bekannter von David, der eine Reisebürokette in Massachusetts besaß, aber noch keine Filiale in Waterhead, Interesse an dem Lokal in der Bertrand Street geäußert und angeboten, es von Marcie zu übernehmen. David fand sein Angebot gut, Jason ebenfalls, und auch Arthur sah ein, daß es das einzig Vernünftige war, was sie noch tun konnte.

Er hatte seine Mutter noch nie so starrköpfig und ohne jeden Humor erlebt. Die Steine seien ein Teil von ihr, eine Leidenschaft, die sie als junges Mädchen entdeckt habe, und Marcie's Gems sei das Wahrzeichen dieser Passion. Die Adresse stünde in Zeitschriften auf der ganzen Welt. Zugegeben, kleine Zeitschriften, aber es sei schon einmal jemand aus Australien dagewesen und ein anderer aus Polen. Sie hätten nichts gekauft, aber darum ginge es auch nicht. Wer Marcie's Gems mit Geld in Verbindung brächte, verstünde überhaupt nichts. Und wenn sie sie deshalb für verrückt hielten, müßten sie eben die Kosten als Rechnung des Irrenhauses betrachten. Sie könnten es entbehren, ihr Wohlstand sei dadurch nicht gefährdet.

»Waterhead ist ein Ort für abgestumpfte Materialisten wie mich, nicht für sensible Naturen wie dich«, sagte David. »Es geht um morgen, nicht darum, was vor einer Milliarde Jahre war. Steine sind zum Häuserbauen da. Irgendwann werde ich aufhören, Geld in den Laden zu stecken.«

»Dann beschaffe ich es mir woanders«, sagte Marcie.

Sie verschwand zwei Tage nach ihrem Besuch in Osprey, an einem Dienstag, nachmittags kurz nach halb vier auf Bahnsteig 7 der South Station in Boston, wo sie mit dem Zug aus Waterhead angekommen war. Der Mann, der sie dort sah, Michael DaLiastro, ein Mathematiklehrer aus Greenfield, hatte sie schon in Waterhead bemerkt, als sie das Abteil betrat, in dem er saß. Sie hatte einen braunen Koffer bei sich, der recht schwer schien, und er hatte ihr geholfen, ihn auf die Ablage zu heben. Weil sie ihm bekannt vorkam, er aber nicht sofort wußte, woher er sie kennen könnte, hatte er nach einem Schildchen mit ihrem Namen geschaut, aber keines gesehen.

Sie hatten ein paar belanglose Sätze gewechselt und dann während der anderthalbstündigen Fahrt geschwiegen, bis auf den Moment, als DaLiastro plötzlich einfiel, woher er sie kannte.

Er hatte etwas gesagt wie: »Entschuldigen Sie, aber kommen Sie vielleicht aus Waterhead? Sind Sie vielleicht die Dame von Marcie's Gems in der Bertrand Street?«

Marcie hatte bejaht, worauf DaLiastro erzählt hatte, daß er Verwandte in Waterhead habe und einmal in ihrem Laden gewesen sei.

»Und? Was gekauft?« fragte sie.

Sie ermunterte ihn nicht zu einer Fortsetzung des Gesprächs.

Den Rest der Fahrt hatte sie in mitgebrachten Zeitungen gelesen, dem *Boston Globe* und einer *Newsweek*, vor allem aber aus dem Fenster gestarrt mit, wie

DaLiastro sagte, »einem Blick, als würde man intensiv an etwas Bestimmtes denken«.

Als der Zug in Boston ankam, nahm Marcie ihren Koffer selbst von der Ablage und grüßte DaLiastro. Kurz darauf sah er sie auf dem Bahnsteig wieder. Sie hatte ihren Koffer auf den Boden gestellt, und er bot ihr seine Hilfe an. Er hatte kein Gepäck bei sich.

»Danke, ich rufe einen Gepäckträger«, hatte Marcie gesagt.

DaLiastro hatte sie nochmals gegrüßt und war weitergegangen.

Und dort stand Marcie, auf Bahnsteig 7, ihren Koffer neben sich, inmitten aus Lautsprechern hallender Ansagen, dem Geruch von Rost und Kaffee, Reisenden, die sie anrempelten, dem Rattern von Elektrowagen mit anhängenden Karren – aber das war Arthurs Bahnsteig 7, wie er ihn Monate später erlebte, als er ihr nachreiste und dort stand, wo sie verschwunden war.

»Dort wurde sie zum letztenmal gesehen«, hieß es dann. Aber sie war noch einen Moment stehengeblieben, hatte einen Gepäckträger gerufen oder war weitergegangen, nachdem DaLiastro außer Sichtweite war. Hunderte, Tausende hatten das gesehen, ein ganzer Bahnhof voller Menschen, aber niemand, der es Arthur erzählen konnte, niemand, der gesehen hatte, daß sie auf einer Startrampe gewesen war, von der sie in eine Wirklichkeit geschossen würde, die auch seine eigene war, aber die er nicht kennen konnte, wie verzweifelt oder wütend er auch war.

Als ihn sein Vater anrief, um zu sagen, daß Marcie schon seit zwei Tagen aus Tucson zurück sein müßte, aber nichts von sich hatte hören lassen, war Arthurs erster Gedanke: Die einfachste Erklärung ist, daß sie tot ist. Es kam ihm vor, als würde man ihn in ein verbotenes Zimmer schieben. Hätte der Flug Verspätung gehabt oder sie ihren Aufenthalt verlängern wollen, hätte sie Bescheid gesagt. Was hieß: Sie hatte nicht Bescheid sagen können. Sie konnte etwas nicht, das sie normalerweise konnte. Was bedeutete das? Daß sie gar nichts mehr konnte?

An dem Punkt kamen seine Gedanken nicht weiter.

David bat ihn, am Abend nach Waterhead zu kommen. Jason würde auch dasein.

Sie war in der Zwischenzeit nicht gekommen. In der Garage rumpelte ihre Zeitmaschine. An der Garderobe im Flur hing ihre rote Jacke. Als er auf das Foto schaute, um ihren Blick aufzufangen, fühlte er einen Kloß im Hals: Sie war nicht mehr darauf. Neben David war ein schwarzer Fleck. Fast im selben Moment sah er, daß es ein leerer Haken der Garderobe war, der vor ihr Gesicht ragte. Er mußte den Kopf nur leicht schräg halten, um sie zu sehen, doch einen Augenblick lang hatte es nur diese schwarze Leere gegeben: Seine Mutter begegnete niemals seinem Vater.

Jason war bereits da. Sie umarmten einander, befangen und ungelenk. Zum erstenmal fühlte er das Kratzen von Jasons Wange an seiner. Das Haus war erfüllt von Marcies Abwesenheit: ihre Pflanzen, die einfach grün dastanden, ihre Zeitschriften auf dem Tischchen neben der Couch, der Fleck, wo sie mit einer Tasse Kaffee in der Hand gestolpert war, die Treppe zum Dachboden. Es war seltsam, seinen Vater zu sehen, einen Jungen, der sich auf ein Podest gesetzt hatte und der nun ihm und seinem Bruder gegenüberstand, unsicher und hilflos, weil das Mädchen auf dem Foto nicht mehr da war.

Er hatte bereits die Polizei benachrichtigt. Es sah nicht gut aus. Oder gerade. Am Tag von Marcies Abreise hatte es einen Direktflug von Boston nach Tucson gegeben, aber sie stand nicht auf der Passagierliste. Bei keinem der beiden Reisebüros in Waterhead hatte sie einen Flug nach Tucson gebucht. Ihre Reise war eine Erfindung, ein Vorwand, um etwas zu tun, wovon sie nichts wissen durften. Dadurch wurde ein Unfall unwahrscheinlicher – doch andere schlimme Ereignisse um so wahrscheinlicher.

Arthur sah sie wieder vor sich, als sie in Osprey in dem Restaurant gewesen waren. Da hatte er sie angesehen, als sie schon wußte, daß sie nicht nach Tucson reisen würde, und daran dachte, was sie wirklich täte. Etwas Gefährliches und Verrücktes, das hatte sie selbst gesagt. Wenn er gefragt hätte: »Stimmt etwas nicht?«, dann hätte sie es erzählt.

Nun, wo er zur Polizei gegangen sei, sagte David, würde es vielleicht Ermittlungen geben, und deshalb müsse er noch etwas erzählen, um zu verhindern, daß sie es von anderer Seite erfahren würden. Er hatte ein Verhältnis. Mit Lilian Snead. Schon seit acht Jahren.

Alles war anders, als er gedacht hatte – auch wenn Arthur sofort klar war, daß es nicht anders war, als er hätte wissen können. Lilian Snead! Es war undenkbar und zugleich völlig klar. Lilian Snead, von Harold und Lilian Snead, von Rudy und Ben, Geburtstage, Schule, Eishockey in Boston, Segeln.

»Weiß Marcie das?« fragte Jason. *Weiß*, dachte Arthur.

»Ja«, sagte David.

»Und wie steht sie dazu?«

»Sie hat ihre Steine. Es hat ihr nichts ausgemacht. Ich will sie nicht schlechtmachen. Ich will mich selbst nicht schlechtmachen. Aber wir waren zwanzig. Wir waren zu jung. Wenn man zwanzig ist, muß man mit seiner Freundin Blödsinn machen, und wenn man Schluß macht, ist die nächste Freundin dran. Man sollte nicht um Hypotheken betteln oder eine Wiege bauen. Dann bleibt einem keine Zeit, um aneinander zu arbeiten. Man kann nichts daran ändern, irgendwann tritt die Unwahrheit in dein Leben.«

»Sag das bloß nicht Lilian«, sagte Arthur.

»Wird mir nie im Leben passieren«, sagte Jason.

Es gebe da noch etwas, sagte David. Die beiden ersten Jahre habe er die Miete für Marcie's Gems gezahlt, danach nicht mehr. Die Miete für das dritte Jahr habe Marcie selbst übernommen. Vierundzwanzigtausend Dollar. Er habe keine Ahnung, wie sie an das Geld gekommen sei. Auf seine Frage habe sie ausweichend geantwortet. Nur etwas von Steinen gesagt. Die Polizei werde dem nachgehen.

Es ist unglaublich, dachte Arthur. Wir sitzen hier und machen uns Gedanken, und sie ist einfach tot. Doch was für ein Unsinn, daß sie tot ist! Der Grund ist simpel, aber etwas anderes Simples hindert uns daran, zu sehen, was es ist. So wie man manchmal etwas nicht finden kann, obwohl man es sieht. Morgen ist alles wieder in Ordnung. Ich rufe sie an, und sie ist da. Und dann gehe ich sofort zu ihr.

Aber er konnte sich keine Geschichte ausdenken, die sie ihm dann erzählen würde.

Jason sagte, daß Marcie am Abend vor ihrer Reise nach Tucson bei ihm und Janice vorbeigeschaut habe. Sie sei ihm nervös erschienen, und sie habe ihm eine Krawattennadel von ihrem Vater gegeben.

Arthur fühlte, wie ihm ein eisiger Schreck in die Brust fuhr. Sie hatte Abschied genommen. Zuerst von ihrem jüngeren Sohn, dann von ihrem älteren.

Es schien, als hätte man einen Eimer unsichtbarer Farbe über Waterhead gegossen. Alles war ›Marcie ist verschwunden‹: der Streifenwagen von Agent Lace, dessen Tochter sich manchmal Steine in Marcie's Gems ausgesucht hatte, das Little Theater, in dem der Chor nun ohne sie probte, der Zeitungsjunge Tommy Serio, der Zeitungen in den Händen gehalten hatte, die auch sie in den Händen gehalten hatte, der Briefkasten an der Ecke der Straße, in der die Sneads wohnten, das eine Reisebüro, in dem sie keine Reise nach Tucson gebucht hatte, das andere Reisebüro, in dem sie keine Reise nach Tucson gebucht hatte, die Bäume an der

Petersham Road, die sie gesehen hatte, als ihr Zug Waterhead verließ.

Es verging eine Woche, zwei Wochen. Es war absurd und unbegreiflich. Die Mutter weg. Nicht mehr da. Wie eine Wolke von gestern. Zu Beginn folgte eine Zeugenaussage der nächsten, als würden in einem gerade erst erfundenen Sport immer wieder neue Rekorde aufgestellt, aber bei dem Mathematiklehrer hörte es auf. In ihrem Schreibtisch im Steinzimmer fand David ihren Paß. Jason hatte einmal in Marcie's Gems den Telefonhörer abgenommen, worauf am anderen Ende sofort aufgelegt wurde. Es gab nichts, was sie tun konnten. Sie mußten eine Liste der fehlenden Kleidungsstücke erstellen. Mit Hilfe von Fotoalben durchforsteten sie Marcies Kleiderschrank, in dem Slips und Blusen wie tot dalagen. Sie warteten. Jedes Jahr verschwanden in Amerika fünfzigtausend Menschen. Neunundvierzigtausend von ihnen kamen innerhalb eines Monats zurück. Von den übrigen tausend kam kaum einer zurück. Dieser Monat war noch nicht vorbei, aber an welchem Tag kamen die meisten zurück? War *der* schon vorbei?

Ihm fiel etwas aus ferner Vergangenheit ein, woran er sich anscheinend nie zuvor erinnert hatte. Als er neun oder zehn war, hatten sie während eines Urlaubs zu viert einen Berg bestiegen. Eine lange, schwere Wanderung über steile Felspfade, die manchmal dicht am Abgrund entlangführten, und David hatte Jason und ihm streng verboten, diese Pfade zu verlassen. Sie taten es auch nicht, wohl aber Marcie, und irgendwann hatte David gerufen: »Paß auf! Gleich stürzt du in den Tod, und das würde uns doch die Ferienlaune ein wenig verderben!«

Niemand hatte etwas gesagt, sie waren einfach weitergegangen, aber für einen Moment hatte er es vor sich gesehen. Sie würden wandern, angeln, essen, zu dritt spielen statt zu viert, bis die Ferien zu Ende wären und sie wieder in die Schule müßten, aber die Ferienlaune wäre ein wenig verdorben gewesen.

Marcie war nicht mehr da – was sollte man damit anfangen?

Waterhead glaubte nicht, daß Marcie wirklich verschwunden war. David setzte zehntausend Dollar aus für einen Hinweis, der die Sache aufklären würde, aber die Gerüchte blieben. Sie sei weggelaufen, weil sie den Niedergang von Marcie's Gems nicht erleben und ihrer unglücklichen Ehe entfliehen wollte. Vielleicht war sie in die Niederlande zurückgekehrt, wo ihre Eltern herstammten und wo sie als Kind gelebt hatte.

Außer Ungläubigkeit spürte Arthur auch Mißbilligung, als würde Marcie, indem sie auf diese Weise plötzlich nicht mehr da war, mehr Aufmerksamkeit fordern, als ihr zukam. Sie war nicht der Mittelpunkt von Festen gewesen, sie hatte keine Segelregatten gewonnen, nicht geflirtet, nicht im Schwimmbad Fahnen geschwenkt, wenn Jason an Wettkämpfen teilnahm. Sie hatte zu Hause bei ihren Steinen gesessen, am liebsten mit alten Männern wie Mr. Hammermacher über Kristalle geredet – und nun stand ausgerechnet sie als das größte Mysterium der Geschichte Waterheads auf der Titelseite?

Die Medien zeigten an ihrem Verschwinden kein Interesse. »Es ist ja nicht gerade der Mord an Kennedy«, sagte ein Fernsehredakteur zu Jason; Amerika hatte mehr als genug Bushaltestellen, Parks, Kaufhäuser, Discos, wo Menschen zum letztenmal gesehen worden waren, die im Gegensatz zu Marcie keinen Grund hatten, zu verschwinden. Sie hatte etwas im Schilde geführt; alle drei erinnerten sich daran, wie sie gesagt hatte, für Marcie's Gems wenn nötig woanders Geld zu beschaffen. Das hatte sie auch getan, wie die Polizei herausfand; die Miete für das dritte Jahr hatte sie bar bezahlt, kurz nach einer früheren Reise nach Tucson, von der in ihren Unterlagen sowenig wie von der letzten zu finden war.

Woher stammte dieses Geld? Hatte sie es geliehen? Es mußte Schwarzgeld sein, doch schwarz oder nicht – warum sollte jemand welchen Betrag auch immer in so etwas wie Marcie's Gems stecken? War es Drogengeld? Der Polizei zufolge warben Drogenhändler manchmal Helfer an, indem sie ihnen Geld liehen und als Gegenleistung Kurierdienste verlangten. Aber wie konnte ein Mensch wie Marcie Kontakte zu dieser Welt haben? Und wenn sie bei ihrer ersten erfundenen Reise nach Tucson Geld geliehen hatte, was bedeutete dann die zweite? Hatte sie da Drogen geschmuggelt? Warum war sie dann nicht zurückgekommen oder irgendwo festgenommen worden? Hatte sie zurückzahlen müssen und um einen Aufschub bitten wollen?

Mehr Geld leihen wollen? Hatte der Geldgeber eine Gegenleistung gefordert, und war sie ermordet worden, als sie diese nicht erbringen wollte? Sex? Marcie, eine 43jährige Frau?

Die Ermittlungen blieben ergebnislos. Die Polizei schloß ein Verschwinden nicht aus, das war alles. Auch sie glaubten, Marcie sei weggelaufen. Arthur fragte sich, ob die Telefone von ihm, David und Jason abgehört würden. Ein paarmal mußte er aufs Revier kommen, wo man ihm kaputte Koffer, Fotos von Leichen und Urlaubsbilder zeigte. Zu dritt fuhren sie nach Boston, um sich Kleidungsstücke anzusehen, die man in der Abstellkammer eines Frauenmörders gefunden hatte. Sie waren auf einem langen Klapptisch ausgebreitet, wie bei einem Flohmarkt; Hemdchen, Slips, BHs, an manchen haftete noch ein leichter Parfümgeruch. Während der Rückfahrt kam ihm der Gedanke, daß diese Kleidungsstücke schon seit Jahren dort lagen und noch Jahre liegenbleiben würden als Denkmal für die Unbekannte Verschwundene Frau, um jedem, der eine Frau vermißte, die Illusion zu geben, daß an dem Fall gearbeitet wurde.

Manchmal dachte er es selbst: Marcie war weggegangen. Vielleicht zu einem Mann, zu jemandem, den sie in der Welt der Steine kennengelernt hatte. Ihre Ehe war leer, ihr Steintraum gescheitert, Jason und er waren erwachsen. Schon immer hatte sie so gewirkt, als hätte sie sich in Waterhead verirrt – als führte sie eigentlich ein anderes Leben, in dem ihr Zusammenleben mit ihnen eine vorübergehende Abwesenheit war.

David spielte Baseball und angelte mit ihnen, sagte, wann sie zu Hause sein mußten, bestimmte die Höhe des Taschengelds und die Strafen; *seine* Eltern waren die Großeltern.

Nicht dasein paßte zu Marcie.

Aber nichts von dem, was sie zu Marcie machte, erklärte, daß sie ohne ein Wort weggegangen war. Immer wieder dachte er an den Moment auf dem Bahnsteig, als könnte er durch intensives Denken in ihn eindringen und sehen, wohin sie ging. Manchmal schien er für sie nur noch Achtung zu empfinden, weil sie diesen Zaubermoment erlebt hatte. Manchmal war er wütend auf sie. Immer mit ihren Steinen zugange, und jetzt ging sie ihm den ganzen Tag im Kopf herum – was dachte sie sich nur! Er war einundzwanzig, er hatte sein Studium, sein Praktikum, Freunde, Hobbys, Freundinnen, er hatte wirklich anderes zu tun, als ein Junge mit einer verschwundenen Mutter zu sein – aber wenn er jemanden rennen sah, dachte er sofort: Sie muß irgendwann zum letztenmal gerannt sein. Wann war das? Jeder Anruf, jede unerwartete Stimme, jede Hand auf seiner Schulter würde Marcie sein, für den Rest seines Lebens.

Sie war tot oder nicht tot, aber das wußte er nicht, weshalb es schien, als müßte das noch entschieden werden – aber wie anders konnte es entschieden werden als dadurch, daß er es wußte? Er hoffte, sie käme zurück, mit einer unerschütterlichen, ekelhaften Hoffnung, die er aus sich reißen wollte, wie Marcie ihm entrissen war. Manchmal schien diese Hoffnung der letzte Rest von

Leben in *ihr* zu sein, den er am liebsten aus ihr herausgeprügelt hätte. Manchmal glaubte er, es sei ihm gelungen und daß er wirklich nicht mehr hoffte, aber wenn er dann überlegte, worin noch der Unterschied dazu bestünde, wenn sie einfach tot wäre, dann war es genau diese Hoffnung. Sie konnte nicht zurückkommen, aber man konnte sich tausend Geschichten ausdenken, in denen sie doch zurückkam, Geschichten, die stimmten. Es erinnerte ihn an das Spiel, das Marcie mit Jason und ihm gespielt hatte, als sie klein waren. Sie nannte zwei Ereignisse, und sie mußten sich ausdenken, auf welche Weise das zweite eine Folge des ersten war. Weil sich jemand in Rio de Janeiro an einem Pudding verschluckt, kauft ein anderer zwanzig Jahre später in Paris eine Schachtel Reißzwecken. Es klappte immer, man konnte jedesmal etwas erfinden, das stimmte. Zugleich wußte man genau, daß es nicht passiert war und niemals passieren würde. Aber genauso verhielt es sich mit dem, was tatsächlich passiert war: Es war niemals zuvor passiert, und es würde nie mehr passieren. Ein Kind an einem Strand nimmt eine Handvoll Sand und wirft ihn fort. Wie groß war die Wahrscheinlichkeit, daß die Sandkörner noch einmal zu einer Handvoll Sand zusammenkommen? Gleich Null. Aber wie groß war diese Wahrscheinlichkeit vor tausend Jahren gewesen? Ebenfalls gleich Null. Trotzdem waren sie zusammengekommen. Es war etwas passiert, was nicht passieren konnte. So verhielt es sich mit allem. Ein Schritt, der gesetzt wurde, ein Tropfen, der von einem Wasserhahn hinabfiel, ein Vogel, der sich auf einem Ast niederließ –

nie mehr würde es genau so geschehen, niemals hatte es geschehen können. Doch wenn die Welt aus lauter Ereignissen bestand, die nicht passieren konnten, warum sollte Marcie dann nicht zurückkommen?

Marcie's Gems in der Bertrand Street hatte noch ein paar Wochen wie ein schweigender, finsterer Übeltäter existiert, mit heruntergelassenem Gitter vor dem Schaufenster mit Steinen, von denen die meisten seit der Eröffnung dort gelegen hatten. Danach hing an der Tür ein Schild mit der Aufschrift »Vorübergehend geschlossen«, das Schaufenster war leer, das Schild verschwunden, und eines Tages war auch der selbstgemachte glitzernde Schriftzug MARCIE'S GEMS von der Fassade abgenommen, und statt dessen klebte am Fenster ein Plakat: DEMNÄCHST ERÖFFNUNG VON ARCHIE'S TRAVEL PLANNER.

Er lebte, er wurde zweiundzwanzig, dreiundzwanzig, und sie lebte vielleicht auch – aber sie war tot. Das sagte er manchmal. Die Steine wurden verkauft, die meisten an den Großhandel, wo Marcie sie eingekauft hatte, der Chor gab Auftritte, Mr. Hammermacher zog sich eine Plastiktüte über den Kopf, Jason und Janice heirateten und ließen sich in Vermont nieder, die Sneads zogen nach Kalifornien, er konnte einen Artikel im *Boston Globe* veröffentlichen, und David stellte ihm Meg vor, eine Witwe aus Boston mit zwei drolligen kleinen Söhnen. Er wollte zu ihr ziehen und das Haus in Waterhead verkaufen.

An einem Abend, fast zwei Jahre nach Marcies Verschwinden, fuhr Arthur nach Waterhead, um diese Pläne mit seinem Vater zu besprechen. Das Foto hing noch an der Wand, und jetzt fand er es passend, daß sein Vater und seine Mutter in dem Moment, den sie zum Symbol ihrer Ehe erklärt hatten, füreinander Fremde waren.

Sie aßen zu Hause, David kochte. Sie waren fröhlich und sentimental; wahrscheinlich war es das letzte Mal, daß sie zusammen in diesem Haus aßen. David verhehlte nicht, wie sehr er sich auf sein neues Leben mit Meg freute. Sie wollten noch Kinder. Er hatte sein Leben noch vor sich, er war erst sechsundvierzig! Meg bedeutete Ruhe und Glück, eine Oase nach den Jahren mit Lilian, dem Lügen, den gebrochenen Versprechen, ihren Streitereien, den Motelzimmern, deren Erbärmlichkeit von ihrem Verhältnis Besitz ergriffen hatte.

Lilian war seine gescheiterte Liebesvergangenheit, nicht Marcie.

»Möchtest du wissen«, fragte David zu vorgerückter Stunde, »wie du auf die Welt gekommen bist? Oder eigentlich Jason, bei dir war das nicht mehr so wichtig. Willst du die wahre Geschichte von dem Foto hören?« Mit einem Mal wirkte David ernst und nüchtern, als wäre ein Stecker aus allem anderen gezogen worden, als gäbe es nur noch die Geschichte von dem Moment, der über ihr Leben entschieden hatte. Und diese Geschichte hatte darauf gewartet, ein einziges Mal erzählt zu werden – heute.

»Sie ist an diesem Abend schwanger geworden«, sagte Arthur.

»Das weißt du also schon.«

»Sie hat es mir in Osprey erzählt. Bei dem letzten Mal.«

»Hat sie dir auch von dem Weiterrücken erzählt?«

»Nein.«

»Ich weiß nicht, wie sie darauf gekommen ist. Vielleicht um das Foto stimmiger zu machen, als es war. Es war nicht so. Wir hatten uns schon davor Blicke zugeworfen.«

Arthur war nie auf den Gedanken gekommen, daß das Foto eine Vergangenheit hatte, daß die Tänzer die Sachen, die sie trugen, zuvor angezogen hatten, daß der Mann, der sich den Toast in den Mund steckte, diesen zuerst genommen hatte – daß David und Marcie, bevor sie auf dem Podest saßen, dorthin gegangen waren, ein Leben davor hatten.

»Ich hatte gemerkt, daß sie zu mir rüberschaute«, sagte David. »Ich erwiderte ihren Blick. Sie gefiel mir. Ich habe ganz in ihrer Nähe gestanden, mich aber nicht getraut, sie anzusprechen. Sie hat es getan. Als ich auf diesem Podest saß, sah ich auf einmal, daß sie sich auch dorthin gesetzt hatte.«

Der Junge, der bei ihm stand, war ein Freund, der nicht gefragt hatte, ob er sich dazusetzen könne, sondern der im Gegenteil vorher dort gesessen hatte und dann weggegangen war. Als niemand mehr zwischen ihnen saß, hatten sich David und Marcie wieder angeschaut und gelächelt. Sie hatte ihn gefragt: »Heißt du David?« Und er hatte gesagt: »Ja, woher weißt du das?« Und sie: »Ich habe gehört, wie jemand dich so nannte.« Sie hatten getanzt und das übrige Fest miteinander verbracht, und David hatte sie nach Hause gebracht.

»Ich hatte nicht vor, sie sofort ins Bett zu kriegen. So war ich nicht. Und sie schien mir auch nicht so zu sein. Wir haben noch ein Weilchen vor ihrer Tür geredet. Ich sagte ihr, daß ich sie gerne wiedersehen würde, und wollte ihr schon die Hand geben und weggehen. Dann fragte sie, ob ich mitkommen würde. Ein Vater, den du wahrscheinlich in mir siehst, hört hier auf. In ihrem Zimmer dachte ich, sie würde Tee machen, aber sie sagte es einfach: Ich möchte, daß du bleibst. Hier höre ich auf.«

»Warum wurde sie schwanger?« Er sah, daß sein Vater in Gedanken wieder an diesem Abend war, vielleicht das erste Mal seit zwanzig Jahren, und seine Mutter nett fand, sie kennenlernen wollte.

»Wir waren ahnungslos. Vielleicht weil sie irgendwo dazugehören wollte. Zu Jason und dir, mich nahm sie dafür in Kauf. Sie war noch nicht so lange in Amerika. Anfangs dachte ich, dieser Abend bedeute, daß ich sie leicht bekommen hätte, aber er bedeutete, daß ich sie nie habe bekommen können. Als mir das bewußt wurde, hatten wir bereits zwei Kinder. Es hätte nie passieren dürfen, aber das ist egal. Man muß ein Leben haben. Ob man das nun bekommt oder wählt, man muß das Beste daraus machen. Wenn man mit Liebe beginnt, kann sie irgendwann vergehen. Wenn man ohne Liebe beginnt, kann sie kommen. Wir haben mit Kindern begonnen. Ich bin ihr nicht böse. Ich mag sie. Ich mag sie so sehr, um es schade zu finden, daß sie nie einen Mann hatte, den sie lieben konnte. Ich wünschte, sie käme zurück, dann könnten wir auf anständige Weise auseinandergehen.«

David verkaufte das Haus, und eines Tages kamen Jason und Arthur, um Marcies letzte Sachen zu ordnen und zu verteilen. Arthur nahm den Olivinbasalt, den ersten Stein ihrer Sammlung; Jason das in einer Halterung stehende Reagenzglas mit einem feuchten braunen Fleck darin: der Schwangerschaftstest, der seine Existenz nachgewiesen hatte. Ihre Papiere, Rechnungen, Briefe und Disketten legten sie in Schachteln und Mappen, die in eine von David extra besorgte Kiste kamen. Niemand mußte es aussprechen, daß es das Begräbnis war, das sie brauchten. Sie kramten Erinnerungen hervor, lachten, tranken und sahen sich alte Fotos an aus der Zeit, bevor sie sie kannten, manche noch aus den Niederlanden. Marcie als Baby, stolz auf einer Schulbank mit einem hübschen Kleid, auf einem Fahrrad mit einer Schleife im Haar, mit einem Falken auf dem Arm vor einer Burg, etwas ängstlich, mit zwei Jungen, von denen einer David verblüffend ähnlich sah, mit ihren Eltern vor ihrem ersten Haus in Boston, auf einer Bank in einem Park mit dem Mädchen, das auf dem Podest neben ihr saß. Es war seltsam, dieses Mädchen irgendwo anders zu sehen als auf dem Foto von dem Fest – als würde plötzlich ein Schauspieler von der Leinwand herabsteigen.

Das Foto selbst steckten sie auch in die Kiste. Keiner wollte es haben, und keiner hatte eine Idee, was man sonst damit machen sollte.

Auch ein kleines buntes Adreßbuch mit Goldschnitt und Schnörkeln und Blüten auf dem Umschlag kam zum Vorschein. Arthur erkannte die junge, ordentliche Handschrift, die nur Marcies sein konnte, in der sie Namen und Adressen aufgeschrieben hatte. Adressen in den Niederlanden, mit Ortsnamen, von denen er ein paar kannte: Amsterdam, Utrecht, Groningen, Haarlem und auch Hilversum, ihren Geburtsort. Auf der Innenseite des Umschlags war ein Aufkleber des Geschäfts, in dem sie das Büchlein gekauft hatte: in La Roche, Belgien. Es mußten die Namen und Adressen von den Kindern sein, mit denen sie in Belgien gewesen war, in den Ferien, wo ihre Steinliebe bei der Besichtigung einer Grotte begonnen hatte. Wim Arkenbout, Frank Biemond, Steven Blaauw, Carla Blanken, Francien Calff, Axel van de Graaf, Menno Hoorntje, Petra Inkelaar, Kees de Jong, Yvonne Koster, Florrie Lanaker, Vera Lanaker, Sjoerd Mulder, Dorien Rademakers, Wim Setzekorn, Egon Wachter, Maria Welter, Dick Winnubst, Jan Zamel – wie ungewöhnlich und niederländisch diese Namen auch waren, es kam ihm vor, als würde er sie nach einmal Lesen nie mehr vergessen.

David und Jason waren damit einverstanden, daß er das Büchlein behielt. Es paßte gut zu dem Stein; mit ihm zusammen mußte es in ihrer Reisetasche gelegen haben.

An den folgenden Tagen, wenn er sich das Büchlein

und die Namen und Adressen darin ansah, mußte er daran denken, was ihm Marcie einmal über Steine erzählt hatte. Diese bestanden fast völlig aus Leere und nur wenigen Teilchen Materie, gleich Sternen im Weltall. So war auch sie. Was wußte er von ihr? Einige wenige Dinge. Die neunzehn Kinder in dem Büchlein, die nun Erwachsene um die vierzig waren, wußten ganz anderes von ihr. Sie mußten zusammen mit ihr in dieser Grotte gewesen sein; sie würden ihm erzählen können, wie Marcie war, als sie etwas fand, das sie für immer in seinem Bann halten sollte – und das sie am Ende das Leben gekostet hatte. Wenn er in die Niederlande reisen würde, sie ausfindig machte, mit ihnen spräche, würden Sterne dazukommen. Durch ihr Verschwinden würde Marcie auch entstehen.

Aber eines Tages, ohne es vorher geplant zu haben, und doch zugleich so, als führte er einen Plan aus, der seit dem Zeitpunkt ihres Verschwindens existiert hatte, stieg er in sein Auto und fuhr in die westlichen Hügel von Massachusetts, bis er den Lake Munchie gefunden hatte. Er reiste nicht in die Niederlande. Diese Kinder wußten nichts über sie. Was Marcie gewesen war, das war sie in Waterhead gewesen: seine Mutter, die mit ihm mit einem Ring gespielt hatte.

Er fand den See, den Ort, die Wiese. Er ging ans Ufer und sah auf die Stelle, wo der Ring versunken war. Wahrscheinlich lag er immer noch da. Er würde nicht versuchen, ihn rauszuholen. Nur Marcie und er sollten ihn geworfen haben. Der Ring sollte für immer dort liegen. Bis er tot war. Eine Milliarde Jahre.

Er spürte sie ganz nah bei sich – näher als jemals zuvor, seit sie hier zusammen gewesen waren. Er war ihr nicht mehr böse. Er gönnte ihr ihr Geheimnis.

Sie hatte aufgehört, verirrt zu sein.

5
Die Grotte

Der Junge und das Mädchen merkten, daß sie allein übriggeblieben waren. Zwischen dem Mittagessen und der Grottenbesichtigung hatten alle frei und konnten tun, wozu sie Lust hatten. Ein paar Kinder waren spazierengegangen, andere lagen im Gras vor ihrem Zelt und lasen; am Klapptisch vor dem Hauptzelt spielte eine Gruppe Monopoly.

Sie aber waren, jeder für sich, zum Fluß gelaufen, wo nur ein Pfad den Zeltplatz vom Wasser trennte.

Plötzlich sahen sie sich.

Beide schraken zusammen und standen sich gegenüber, ohne ein Wort zu sagen. Als sich ein paar Spaziergänger näherten, sprangen sie auf die Kieselsteine am Ufer, um ihnen Platz zu machen. Der Fluß war an dieser Stelle breit und flach, das Wasser strömte langsam. Kiesel und kleine Felsbrocken ragten über die Oberfläche, und auf einigen trockenen Kiesbänken wuchsen Grasbüschel und Unkraut.

Die Sonne schien.

»Bist du schon einmal in einer Grotte gewesen?« fragte Marjoke.

»Nein, noch nie«, sagte Egon. »Du?«

»Ich auch nicht. Das wird sicher interessant.«

»Glaube ich auch«, sagte er. »Was wohl dieses Fenster bedeutet?«

»Das habe ich auch schon überlegt. Vielleicht, daß man irgendwo durchschauen kann.«

»Das ist eine neue Grotte, nicht wahr?«

»Ja, nur dreihundertfünfundzwanzig Millionen Jahre alt.«

Sie lachten über ihren Witz; so alt war der Kalkstein in dieser Region der Ardennen. Die Grotten von Harennes, wohin sie am Nachmittag gehen würden, zwanzig Kilometer von La Roche entfernt, waren vor zwei Jahren entdeckt und erst in diesem Jahr der Öffentlichkeit zugänglich gemacht worden. Sie würden zu den ersten Besuchern gehören.

Sie setzten sich und blickten über das Wasser. Schwimmer waren nicht zu sehen, da der Fluß an dieser Stelle nicht tief genug war. Ein Stück weiter standen ein paar Angler. Zwei Kanus kamen vorbei, deren Fahrer aussteigen mußten, um sie durch eine flache Stelle zu tragen.

Dann war es wieder still auf dem Wasser. Die Angler machten keine Geräusche, die Kanus waren außer Sichtweite. Auf der anderen Seite erhob sich der Hügel, auf dem sie am Abend Blaubeeren pflücken würden. Ganz oben gingen Leute, aber man konnte nicht erkennen, ob sie zur Davy-Gruppe gehörten.

Sie warfen Steine ins Wasser und beobachteten die Kreise, die, immer größer werdend, mit dem Strom davontrieben.

»Du kannst richtig Französisch sprechen, oder?« sagte Egon.

»Na ja ...« sagte Marjoke.

»Nein, finde ich wirklich.«

»Ich habe mit meinen Eltern ein paarmal in Frankreich Ferien gemacht. Mir gefällt es dort. Und wir haben es als Unterrichtsfach.«

»In welche Klasse gehst du?«

»In die Quarta.«

»Ich auch. Gymnasium, oder?«

»Ja, Gymnasium«, sagte Marjoke.

»Ich auch. Dann sind wir wahrscheinlich gleich alt. Ich bin vierzehn.«

»Ja, ich auch.«

Sie lachten, als wäre es angesichts all dieser Gemeinsamkeiten unglaublich, daß sie nicht schon früher so zu zweit am Fluß gesessen hatten.

Aber es gab auch Unterschiede. Ihre Lieblingsfächer waren Französisch und Zeichnen, seines Physik. Sein Vater war Architekt, ihrer Kybernetiker. Er hatte noch nie von diesem Beruf gehört, und Marjoke wußte auch nicht viel mehr darüber, als daß es ein Zweig der Mathematik war, der mit großen Rechnern zu tun hatte. Als sie diese Unterschiede feststellten, sagten sie in vergebendem Ton »ah, ja« – es konnte nun mal nicht nur Gemeinsamkeiten geben.

Sie kam aus Hilversum, und das war fast wieder eine Gemeinsamkeit, weil Axel, mit dem Egon das Zelt teilte, ebenfalls von dort stammte. Aber das war kein Zufall; Marjokes Vater arbeitete in dem Krankenhaus, dessen Direktor Axels Vater war. Ihre Eltern hatten voneinander von Davy Jugendreisen gehört.

»Also hast du Axel schon vorher gekannt«, sagte Egon.

»Wir kennen uns von klein auf.«

»Wie war er früher?«

Doch an ihrer Grimasse sah er, daß sie keine Lust hatte, über Axel zu sprechen, und daß sie ihn nicht mochte, aber ihm, Axels Freund in diesen Ferien, das nicht sagen wollte.

Sie erzählten sich von ihrem Zuhause, ihren Eltern, Brüdern und Schwestern, die sie beide nicht hatten. Amerika, sagte Marjoke, sei für die Kybernetik das Land der Zukunft. Ihr Vater habe eine spezielle Computersprache für die Medizin geschrieben, die auch in amerikanischen Krankenhäusern eingesetzt würde. Er habe schon einige Angebote von dort bekommen. Manchmal sprachen sie zu Hause darüber, vielleicht auszuwandern, aber sie hoffte, daß das nicht passiere.

Während sie redeten, hatte Egon ein paar flache Steine aufgesammelt, und nun stand er auf und ließ sie über das Wasser springen. Manche machten sogar sieben oder acht Sprünge. Marjoke versuchte es auch, aber es gelang ihr erst, nachdem Egon ihr zeigte, wie man den Stein zwischen Daumen und gekrümmtem Zeigefinger halten und ihm dann im Moment des Loslassens einen Dreh geben mußte. »Ja!« riefen beide zugleich, als der erste Stein von ihr ein paar Sprünge machte, und zusammen stellten sie sich vor, wie so ein Stein über den ganzen Lauf der Ourthe weiterspringen würde – doch in welchen Fluß mündete die Ourthe eigentlich?

»In die Maas?« sagte Marjoke.

»Nicht in den Rhein?« sagte Egon.

»Quatsch!« Sie lachte. »Der ist doch in der anderen Richtung!«

»Aber die Maas mündet doch in den Rhein?«

»Ja, mit ein paar Zwischenflüssen. Also nicht richtig.«

»Eigentlich ist es nicht schön für einen Fluß, wenn er nie selbst zum Meer gelangt«, sagte Egon. »Wenn er nur mit einem anderen Fluß mitfließen darf.«

»Stimmt«, sagte Marjoke. »Sollen wir der Ourthe helfen? Wir könnten einen Damm bauen, wir machen einfach eine Umleitung.«

»Wir lassen die Ourthe in den Rhein münden!« rief Egon.

»Direkt ins Meer!« sagte Marjoke.

»Ja! Das schreiben wir auch in unsere nächste Erdkundearbeit. Und wenn uns das als Fehler angerechnet wird, nehmen wir unseren Lehrer mit, damit er es selbst sehen kann. Die Ourthe mündet bei Noordwijk ins Meer.«

»Amsterdam an der Ourthe«, sagte Marjoke.

»*Hilversum* an der Ourthe!« rief Egon.

Sie mußten furchtbar darüber lachen, und als sie sich wieder beruhigt hatten, zogen sie Schuhe und Strümpfe aus und gingen ins Wasser. Einen Meter vom Ufer entfernt ragte ein großer Stein aus dem Wasser, und sie begannen, Steine zwischen diesen Brocken und das Ufer zu werfen. Schon bald ragten sie über die Oberfläche, doch weil sie immer Steine in der Nähe ihres Damms nahmen, untergruben sie ihn, während sie ihn bauten, und ein paarmal brach er halb zusammen. Deshalb begann Egon ein Stück stromaufwärts neue Steine zu holen, die Marjoke vorsichtig in den Damm fügte, der nun stabil wurde und tatsächlich das Wasser ein wenig staute. Entlang ihrem Damm strömte das Wasser schneller vorbei als die übrige Ourthe, bis es ein Stück weiter wieder mit der Ourthe fließen konnte, wie sie immer gewesen war. Direkt hinter dem Damm war ein Pool entstanden, in dem Fäden aus Luftbläschen und Holzstücke auf der Stelle trieben.

Sie hatten die Ourthe bereits ein wenig verändert.

Sie machten auf der anderen Seite des großen Steins weiter. Egon holte die Steine, Marjoke setzte sie auf das neue Stück ihres Damms. Dort war es tiefer, und die von ihnen selbst verursachte schnellere Strömung erschwerte den Bau. Sie kamen auf die Idee, Fundamente zu legen, kleine Steinhaufen direkt hinter dem Damm, die ihn abstützen würden. Marjoke beauftragte Egon damit, bestimmte Steine zu suchen, er gab ihr Anweisungen für das Bauen. Es war Präzisionsarbeit; ein falscher Stein, und Amsterdam und Hilversum würden nie an der Ourthe liegen!

Sie kamen nicht so schnell voran wie auf der anderen Seite, immer wieder rollten Steine ins Wasser zurück, aber sie dachten nicht einen Moment ans Aufgeben. Der Damm reichte vom großen Stein aus sicher schon einen Meter in den Fluß hinein und war stabil genug, um vorsichtig auf ihm stehen zu können, als sie vom Ufer gerufen wurden.

Es war Kees, der Betreuer. »He, wo bleibt ihr denn?« rief er. »Wir wollen doch zur Grotte. Habt ihr das etwa vergessen?«

Sie hatten, ohne es zu merken, mehr als zwei Stunden mit dem Bau ihres Damms verbracht.

Von La Roche aus fuhren sie mit einer alten Dampfeisenbahn mit Holzbänken nach Harennes, durch Tunnel und an Weiden vorbei, doch zumeist direkt entlang der Ourthe, die ahnungslos in ihrem alten Flußbett dahinströmte. Manchmal trafen sich Egons und Marjokes Blicke, und dann nickten sie, wie Träger eines Geheimnisses, kurz zu dem Fluß.

In Harennes mußten sie vom Bahnhof zur Grotte gehen, über einen schmalen Weg, der, von Bäumen überdacht, dunkel war und steil anstieg. Die Kinder sangen, manche riefen, daß es zu weit und anstrengend sei, bis sich die Bäume öffneten und sie eine Weide mit Heuhaufen und Kühen erreichten, als würde hier, in dieser Höhe, wieder das flache Land beginnen. Am Rand der Weide stand ein kleines Backsteingebäude; dort war der Eingang. Sie mußten auf eine Gruppe warten, die noch in der Grotte war, und sahen sich solange in dem Gebäude um, wo man außer Eis, Getränken und Ansichtskarten auch Mineralien in vielerlei Farben, Fossilien, Wanderführer und geologische Karten des Gebiets kaufen konnte.

Aber das mußte bis später warten, da gerade die andere Gruppe zurückkam. Die Besichtigung der Grotten von Harennes begann.

Über eine Art Kellertreppe stieg die Davy-Gruppe hinab bis zu einer schweren Tür. Als der Führer sie öffnete, strich ihnen ein kühler Windzug über die nackten Arme und Beine. In dem schwachen Licht der Glühbirnen, die in regelmäßigen Abständen von der Felsdecke herabhingen, konnte man die Treppe erkennen, die immer weiter hinunterführte. Die Stufen waren naß und glitschig, auf manchen hatten sich Pfützen gebildet, als hätte es hier geregnet. Hin und wieder hörte man einen Tropfen in eine Pfütze fallen.

Am Fuß der Treppe angelangt, machte der Führer einen Schalter an. Durch die Gruppe ging ein Ausruf der Bewunderung, wie bei einem Feuerwerk. Sie standen in einem riesigen Saal, so hoch wie eine Kathedrale. An der Decke hingen Steingewächse in allen möglichen Formen, Eiszapfen, Schleier, Elefantenohren, Lappen wie Wäsche in einer italienischen Gasse. Es gab Säulen, die vom Boden bis zur Decke reichten, und überall sah man die Anfänge neuer Säulen, Stalagmiten auf dem Grund, Stalaktiten an der Decke.

Mit starkem französischem Akzent, der hin und wieder unterdrücktes Gelächter hervorrief, erzählte der Führer, daß sich der Kalkstein von Harennes vor dreihundertfünfundzwanzig Millionen Jahren aus den Skeletten von Plankton in Meeren, die es hier gegeben hatte, gebildet hat. Kalkstein war in Wasser löslich; die

Grotten waren durch das hereindringende Wasser von Regen und Flüssen entstanden. Wenn sie genau hinschauen würden, könnten sie erkennen, daß an manchen Zapfen Tropfen hingen, die durch den ganzen Fels gesickert waren und wieder eine winzige Menge Kalk hinzufügen würden. Wenn solch ein Tropfen hinabfiel, passierte dasselbe am Boden. Sie könnten sich gewiß denken, daß eine Säule nicht von heute auf morgen entstand; die Stalaktiten und Stalagmiten brauchten mehrere hundert Jahre, um einen Zentimeter zu wachsen.

Einen Zentimeter! Ein kleiner Zapfen an der Decke oder eine Minisäule auf dem Boden war schon jahrhundertealt. Wie viele tausend, hunderttausend Jahre würde es dauern, bis sie aneinanderstießen und zusammen eine Säule wurden?

Marjoke stand neben Egon.

»Unheimlich«, flüsterte sie. »Diese Zeit!«

Sie folgten dem Führer in die Dunkelheit, die immer dann keine Dunkelheit mehr war, wenn er das Licht des nächsten Saals an- und das des letzten ausschaltete. Bis nur noch ein Licht verlosch und kein neues anging. Plötzlich standen sie im Dunkeln. Es wurde gekichert und geflüstert, Axels hohes Lachen war zu hören und ein Schrei, anscheinend von Florrie. »Kinder!« sagte Kees.

Wenn sie still seien, sagte der Führer, wirklich still, würden sie etwas ganz Besonderes hören. Jeder hielt den Atem an, sogar Axel sagte kein Wort. Es vergingen einige Sekunden, und dann konnte man ein Rauschen hören, ganz weit weg, wie das des Meeres in einer Muschel.

»Was Sie jetzt hören«, sagte der Führer, »ist ein unterirdischer Fluß. Mehr als neunundneunzig Komma fünf Prozent des Süßwassers auf der Welt befinden sich unter der Erde. Dies ist einer der unsichtbaren Flüsse, die der Ourthe Wasser spenden. Dieses Wasser mündet schließlich über die Maas, den Waal und den Rhein in die Nordsee.«

»Glaubt er«, sagte Marjoke.

Der Führer machte wieder einen Schalter an, und nun sahen sie, daß sie am Rand eines tiefen grünen Sees standen. Sein Grün war so durchsichtig und leuchtend, daß er keinen Grund zu haben schien.

Aber das Schönste, sagte der Führer, das Großartigste würde nun erst kommen: das Fenster von Harennes. So etwas gebe es in keiner anderen Grotte auf der Erde. Er geleitete die Gruppe zum nächsten Saal, doch als er dort das Licht anschaltete, sah es genauso aus wie in dem vorigen.

»Hier können Sie die Zeit sehen«, sagte der Führer. Er zeigte auf eine Wand, an der das gräuliche Weiß des Kalksteins entlang einer scharfen Linie von einem tiefschwarzen Gestein mit grünen, glänzenden Flecken getrennt wurde: Olivinbasalt. Das Schwarz war Basalt, die Flecken Olivin. Diese Gesteinsart hatte man Harennit genannt. Oben könnten sie einen Brocken als Andenken kaufen. Es sei nicht teuer.

Der Saal, in dem sie nun standen, war exakt bei einer Verwerfung zwischen dem Kalkstein und einer Basaltschicht entstanden, die hundert Millionen Jahre älter war. Diese Schicht trat nirgendwo an die Oberfläche, doch dieser Saal gewährte ihnen einen Blick darauf. Man nannte so etwas ein geologisches Fenster. Es war ein Loch in der Zeit, ein Blick auf eine Vergangenheit, die überall außer an diesem einen Ort verborgen blieb. Alle bekannten Fenster traten an der Erdoberfläche zum Vorschein; dieses Fenster war das einzige in einer Grotte.

»In einem archäologischen Museum dürfen Sie nichts berühren«, sagte der Führer. »Hier schon. Wenn Sie Ihre Hand auf die Bruchlinie legen, überspannen Sie hundert Millionen Jahre.« Doch er hatte seine Ausführungen noch nicht beendet, da erklangen schon wieder Stimmen und Lachen. Einige Kinder liefen weg, manche von ihnen, nachdem sie kurz die Linie berührt hatten. »Genau wie das Dreiländereck«, sagte eines.

Egon stellte sich vor die Wand. Er legte die Hand über die Grenze zwischen dem Weiß und dem Schwarz. Marjoke stand neben ihn. Sie legte ihre Hand neben seine. Sie sahen einander an. Sie waren unglaublich nah beieinander.

Er würde auf sie zugehen. Sagen, daß er mit ihr Blaubeeren pflücken wolle. Aber sie hatte Küchendienst, und deshalb ging er noch zu der Stelle, wo sie gleich alle zusammen den Fluß überqueren und zum Blaubeerhügel gehen würden. Er balancierte über die aus dem Wasser ragenden Steine ans andere Ufer. Etwas weiter, in der Biegung des Flusses, sah er ihren Damm. Er wollte auch noch dorthin gehen, aber sicher hatte er vor sich hin geträumt, denn da kamen schon die anderen mit Körben und Tüten für die Beeren. Marjoke ging allein, und ihm wurde klar, was er für einen Riesenfehler gemacht hatte – während er hier war, hätte sie ein anderer Junge fragen können. Zum Glück war das offenbar nicht passiert – oder wenn doch, hatte sie vielleicht gesagt, daß sie mit ihm gehen würde.

Er lief schnell über die Steine zurück. Wie dumm von ihm, sich deshalb solche Gedanken zu machen. Wo sie doch nur Beeren sammeln wollten. Und man an allem merken konnte, daß sie ihn auch nett fand, daß sie darauf zählte, mit ihm zu gehen! Sie lächelte ihm schon zu, und er wollte ihr gerade zuwinken, als plötzlich Axel auf ihn zukam, Vera vor sich herschiebend.

»He, Egon«, rief er. »Hör zu.«